L'Armure et la Couronne

2

Dessin **TEAM IYAK**

Œuvre originale **G.M**

L'Armure et la Couronne

L'armure et la couronne

Sommaire

L'Armure et la Couronne

Chapitre 4

Un vent de changement

L'Armure et la Couronne

L'armure et la couronne

L'HISTOIRE SE DÉROULE DANS UN PETIT VILLAGE, SUR LES BORDS DE LA RIVIÈRE COEMON.
LE SEIGNEUR LOCAL AVAIT UN SEUL ENFANT, UN FILS.
UN PROCHE ÉTAIT CENSÉ PRENDRE LA PLACE DU GARÇON POUR ALLER À LA GUERRE.
MAIS UNE ERREUR DANS LES PAPIERS LE FORÇA À INTÉGRER L'ARMÉE.
TROIS ANS PLUS TARD, LE GARÇON REVINT AVEC UNE JAMBE EN MOINS.
SON PÈRE ÉTAIT HEUREUX DE LE VOIR EN VIE.
MAIS LA BLESSURE S'ÉTAIT INFECTÉE, ET LE MAL SE PROPAGEAIT.

*NDT : Animal mythique qui possède des caractéristiques chevalines, aquatiques et humanoïdes à la fois. Il vit généralement dans les cours d'eau.

COMBIEN DE FOIS VAIS-JE DEVOIR TE LE RÉPÉTER ? LA SEULE CHOSE À FAIRE EST D'ALLER DE VILLAGE EN VILLAGE, ET DE DEMANDER.
TU LAISSERAIS L'ARMÉE ACRÉENNE BATTRE EN RETRAITE ? DES SOLDATS COMME NOUS DEVRAIENT FAIRE QUELQUE CHOSE, AU LIEU DE RESTER LES BRAS CROISÉS.
AH !
"LES BRAS CROISÉS" ?!
HEUREUSEMENT POUR NOUS, LES GENS QUI VIVENT DE CE CÔTÉ DE LA RIVIÈRE SONT TRÈS MÉFIANTS DES HABITANTS DU CHÂTEAU DE BEBAROU.
HOU
HOU
SI ON CHERCHE D'OÙ VIENT CE VIEUX CONTE AUPRÈS D'EUX, ON DEVRAIT TROUVER LA RÉPONSE RAPIDEMENT.
HMM...
CLIP
CLOP
CLIP
CLOP
MAIS LÀ ENCORE...
QUI SAIT À QUEL POINT ILS SE MÉFIERONT DE NOUS ?
NOUS DEVONS ÊTRE VIGILANTS.

VOUS ÊTES DE L'ARMÉE ACRÉENNE ?
EXCUSEZ-MOI DE VOUS INTERROMPRE DANS VOTRE TRAVAIL. POUVONS-NOUS VOUS POSER QUELQUES QUESTIONS ?
BIEN SÛR ! TOUT CE QUE VOUS VOULEZ !
CONNAISSEZ-VOUS L'HISTOIRE DE L'HOMME QUI A TRAVERSÉ LA RIVIÈRE SUR UN KELPIE ?
HMM...
JE NE CROIS PAS.
JE VOIS...
EH BIEN, PASSEZ UNE BONNE JOURNÉE, M'DAME.
A... ATTENDEZ !
ATTENDEZ !
IL SE FAIT TARD, NE PARTEZ PAS MAINTENANT !
M'DAME ?

CLAC
ET VOILÀ !
SERVEZ-VOUS !
OH, ZUT.
J'AI OUBLIÉ L'EAU !
OUAIS, ELLE EST VRAIMENT TRÈS MÉFIANTE.
EH BIEN, JE PENSAIS QU'ILS LE SERAIENT...
ELLE A PEUT-ÊTRE EMPOISONNÉ LE PAIN ? JE DEVRAIS LE JETER ?
NE SOIS PAS STUPIDE. ET NE JOUE PAS AVEC LA NOURRITURE.
ALORS QUOI ? TU AS AUSSI ÉTÉ VOLONTAIRE ICI ?
NON, JE N'Y AVAIS JAMAIS MIS LES PIEDS.

ALORS ? C'EST BON ?
MIAM
DÉLICIEUX, M'DAME.
SI TU NE VEUX PAS D'ENNUIS, ESSAIE DE NE PAS PLAISANTER AVEC TES HISTOIRES DE POISON.
VOUS M'EN VOYEZ RAVIE.
IL SE FAIT TARD. RESTEZ DONC POUR LA NUIT, J'AI UNE CHAMBRE DE LIBRE.
TAC
DES HÔTES PRESTIGIEUX COMME VOUS MÉRITENT LE MEILLEUR.
PRESTIGIEUX ?
BIEN SÛR !
L'ARMÉE ACRÉENNE A MIS UN TERME À CETTE INSUPPORTABLE GUERRE.

ON EST VRAIMENT PERDUS EN PLEINE CAMPAGNE...
LE ROYAUME NE S'OCCUPAIT PLUS DES GENS D'ICI.
HMM.
LES IMPÔTS POUR COUVRIR LES FRAIS DE GUERRE RUINAIENT CETTE RÉGION DEPUIS DES DÉCENNIES.
PAS ÉTONNANT QU'ILS SOIENT CONTENTS D'AVOIR ÉTÉ ENVAHIS PAR UN AUTRE PAYS.
C'EST BIEN...
S'ILS SONT TOUS AUSSI AMICAUX, NOS RECHERCHES DEVRAIENT ÊTRE FACILES.
J'ESPÈRE.
...
JE NE CONNAIS PAS GRAND-CHOSE SUR EHAS, ALORS JE ME DEMANDAIS...

SI NOMBRE D'EHASIENS PENSAIENT LA MÊME CHOSE DE LA GUERRE...
COMMENT TU AS FINI CHEVALIER ?
À EHAS, AU MOINS UNE PERSONNE PAR FAMILLE DEVAIT ÊTRE MOBILISÉE.
MES PARENTS ONT DÉCIDÉ QUE JE SERAIS CELLE QUI MOURRAIT.
!!!
ENLÈVE CE REGARD IDIOT DE TON VISAGE. C'EST DU PASSÉ.
JE N'AVAIS PAS UN REGARD IDIOT !
D'ACCORD, D'ACCORD.

JE SUIS CONVAINCUE QUE SA MAJESTÉ METTRA FIN À TOUTES CES GUERRES.
ALORS, JE SUIS SEREINE.
ÉVIDEMMENT. SA MAJESTÉ EN EST CAPABLE.
ALORS NE T'AVISE PAS DE TOMBER AMOUREUSE DE LUI, TU M'ENTENDS ?!
DORS, AU LIEU DE RACONTER N'IMPORTE QUOI.

?
ON A AJOUTÉ UNE BLAGUE AU RAPPORT ?
NON, NON.
JE PENSAIS JUSTE AU SEIGNEUR POLLYANNA, PARTIE AUJOURD'HUI POUR SES RECHERCHES.
PARFOIS, JE SUIS IMPRESSIONNÉ.
ELLE NE M'APPARTENAIT MÊME PAS AU DÉPART...
MAIS POURTANT, D'UNE MANIÈRE OU D'UNE AUTRE, J'AI RÉUSSI À AVOIR QUELQU'UN D'AUSSI INVESTIE QU'ELLE COMME SUBORDONNÉE.
NE COMMENCEZ PAS À LANCER D'ÉTRANGES RUMEURS, VOTRE MAJESTÉ.
QUEL GENRE D'IDÉE FARFELUE TE TROTTE DANS LA TÊTE, INO ? POURQUOI JE M'EN PRENDRAIS À MON PRÉCIEUX CHEVALIER ?

JE SUIS JUSTE RECONNAISSANT...
QUE QUELQU'UN COMME ELLE SOIT VENU À MOI.
ALLONS AU PROCHAIN VILLAGE.
JE NE SAIS PAS.
JAMAIS ENTENDU PARLER.
J'AI ENTENDU DIRE QUE ÇA VENAIT D'UN VILLAGE AU SUD.
VOUS DEVRIEZ ESSAYER LÀ-BAS.
KELPIE ? ÇA DOIT VENIR DU VILLAGE DE CE CÔTÉ...
C'EST QUOI UN KELPIE ? ÇA SE MANGE ?

PEUT-ÊTRE QUE CE N'EST VRAIMENT QU'UN CONTE.
ON A DÉJÀ VU TELLEMENT DE VILLAGES, ET PERSONNE N'EN A ENTENDU PARLER !
NOUS NE LES AVONS PAS ENCORE TOUS VISITÉS.
TU VAS SÉRIEUSEMENT T'ARRÊTER DANS CHAQUE VILLAGE ?
IL N'Y A PAS DE KELPIE !
KELPIE ?
OH, ÇA EXISTE.
LE SEIGNEUR DE NOTRE FIEF...
EST L'HOMME QUI A ÉTÉ SAUVÉ PAR UN KELPIE.

L'Armure et la Couronne

L'armure et la couronne

JE SUIS DÉSOLÉ.
SA SEIGNEURIE NE VA PAS BIEN, ET NE PEUT PAS VOUS RECEVOIR POUR LE MOMENT.
IL EST MALADE ?
NOUS VOUDRIONS AIDER L'ARMÉE ACRÉENNE...
MAIS NOTRE SEIGNEUR SE FAIT VIEUX...
JE COMPRENDS.
NOUS VOUDRIONS JUSTE ENTENDRE CE QU'IL A À DIRE, DITES-LUI QUE NOUS DEVONS LE VOIR.
HMM.
SI CELA VOUS CONVIENT...
JE PEUX VOUS ENVOYER SON SUPPLÉANT ?

C'EST UN VIEUX BÂTIMENT, MAIS ILS L'ONT TRÈS BIEN ENTRETENU.
HEY ! ARRÊTE DE FOUINER ET VIENS T'ASSEOIR !
CE MANOIR...
SURPLOMBE LA RIVIÈRE COEMON.
TAP
TAP

BONJOUR. JE SUIS MONICA RADWIEN, SUPPLÉANTE DE SA SEIGNEURIE.
ON M'A DIT QUE VOUS VOULIEZ EN SAVOIR PLUS SUR LE KELPIE ?
OUI, MADAME. JE SUIS POLLYANNA WINTER, DE L'ARMÉE ACRÉENNE.
UNE FEMME ?
LE SUPPLÉANT EST UNE FEMME ?
ET VOICI...
TAP
OH.
DONAU LEBOUGH, POUR VOUS SERVIR.
PARDONNEZ-MOI, MAIS QUI ÊTES-VOUS POUR SA SEIGNEURIE ?
C'EST MON PÈRE.
VOUS A-T-IL PARLÉ DU KELPIE ?

IL N'EST PAS RENTRÉ DANS LES DÉTAILS.
IL A SEULEMENT DIT QUE C'ÉTAIT "UN AUTOMNE INHABITUEL".
DONC VOUS NE SAVEZ PAS OÙ IL EST APPARU ?
SI. VOUS POUVEZ VOIR D'ICI L'ENDROIT EXACT.
C'EST JUSTE LÀ.

JE COMPRENDS, MAINTENANT.
SI UN SEIGNEUR AVAIT TRAVERSÉ LA FRONTIÈRE DE BEBAROU EN TEMPS DE GUERRE, IL AURAIT DÛ SUBIR DE LOURDES CONSÉQUENCES.
ALORS IL A INVENTÉ CETTE HISTOIRE DE CRÉATURE FANTASTIQUE VENUE L'AIDER.
CRCH
LES VILLAGEOIS N'AURAIENT PAS DÉNONCÉ UN PÈRE QUI VOULAIT SIMPLEMENT SAUVER SON FILS...
SURTOUT AUPRÈS D'UN ROYAUME QUI PRENAIT SI PEU SOIN DE SON PEUPLE.
FRTCH
PEU IMPORTE, IL SEMBLERAIT QUE NOUS SOYONS AU BON ENDROIT.
ICI ?
BLBL
BLBLBL
LE KELPIE A TRAVERSÉ ICI ?
MAIS SI ON PASSE À CHEVAL ICI, ON MOURRA TOUS LES DEUX.
REGARDE MIEUX.

FWIP
TCHAC
SHLING
LE TERRAIN EST DIFFÉRENT ICI, ET SEULEMENT ICI.
J'AI FRAPPÉ AUSSI FORT QUE JE POUVAIS, MAIS LA LAME S'EST ARRÊTÉE NET.
FWIP
ET TU VOIS LES TOURBILLONS, LÀ-BAS ?
LE SOL N'A PAS LA MÊME DENSITÉ, ÇA SIGNIFIE QUE L'ÉROSION A FORMÉ DIFFÉRENTS DÉNIVELÉS.
BL BL BL
IL Y A PLUSIEURS TROUS DANS LE LIT DE LA RIVIÈRE. UN SEUL FAUX PAS, ET C'EST LA MORT ASSURÉE.
MAIS ALORS... COMMENT PEUT-ON TRAVERSER À CHEVAL ?

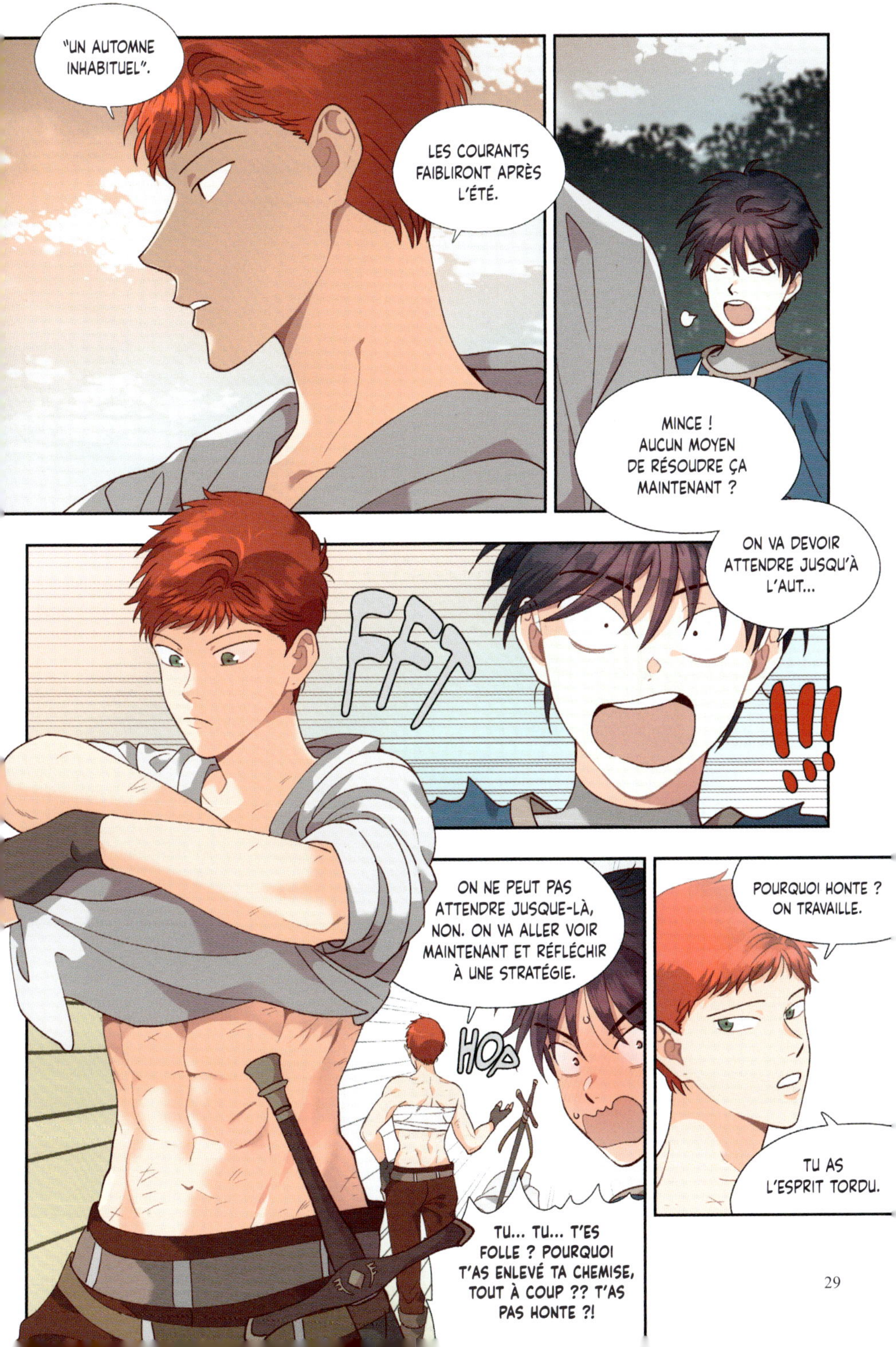
"UN AUTOMNE INHABITUEL".
LES COURANTS FAIBLIRONT APRÈS L'ÉTÉ.
MINCE ! AUCUN MOYEN DE RÉSOUDRE ÇA MAINTENANT ?
ON VA DEVOIR ATTENDRE JUSQU'À L'AUT...
FFT
!!!
ON NE PEUT PAS ATTENDRE JUSQUE-LÀ, NON. ON VA ALLER VOIR MAINTENANT ET RÉFLÉCHIR À UNE STRATÉGIE.
HOP
TU... TU... T'ES FOLLE ? POURQUOI T'AS ENLEVÉ TA CHEMISE, TOUT À COUP ?? T'AS PAS HONTE ?!
POURQUOI HONTE ? ON TRAVAILLE.
TU AS L'ESPRIT TORDU.

J'AI PAS L'ESPRIT TORDU !!
CLAC
HOP
ATTACHE SOLIDEMENT CETTE CORDE AU CHEVAL.
!
SHLAC
TU VAS DANS L'EAU ?
JE DOIS VÉRIFIER PAR MOI-MÊME.
TRRT
HÉ, T'ES SÛRE DE TOI ?
JE NE VAIS PAS T'Y ENVOYER À MA PLACE.
JE SAIS QUE LES ACRÉENS NE SONT PAS DE TRÈS BONS NAGEURS.
SPLOSH
TU SAIS QU'IL ME SUFFIRAIT DE LÂCHER...
MAIS TU NE LE FERAS PAS.

...
HMPF.
SPLASH
GLOUP
GLOUP
FSHHH

FSHOO
LE COURANT EST TROP FORT !
NGH...
JE SUIS ATTIRÉE VERS LE FOND !
BLBLBL
CRR
SCRCH
FRSH
SPLASH
FWAAA !
HAA...
HAA...
PFIOU...

FLAP
ALORS ?
ON EST AU BON ENDROIT.
FFT
MAINTENANT, ON DEVRAIT DEMANDER PLUS DE MAIN D'ŒUVRE POUR ÉTUDIER...
PÈRE !
REPRENEZ-VOUS, PÈRE !
VOTRE SEIGNEURIE !
FWISH
FWISH
VOUS AVEZ TORT !

QUE SE PASSE-T-IL ?
MONSIEUR !
POF
MONSIEUR, PARDONNEZ-MOI, S'IL VOUS PLAÎT.
HEIN ?
MON PÈRE NE PENSAIT PAS À MAL, EN TRAVERSANT LA RIVIÈRE...
IL VOULAIT JUSTE ME SAUVER LA VIE !
JE SUIS DÉSOLÉE. IL EST ÂGÉ, ET SA MÉMOIRE LUI JOUE DES TOURS...
FFT
S'IL VOUS PLAÎT !
NE ME RENVOYEZ PAS SUR LE FRONT !
PLIC

NE VOUS
EN FAITES PAS,
MONSIEUR.

POUR
L'INSTANT...

IL N'Y AURA PLUS
AUCUNE GUERRE EHASIENNE
POUR VOUS TOURMENTER.

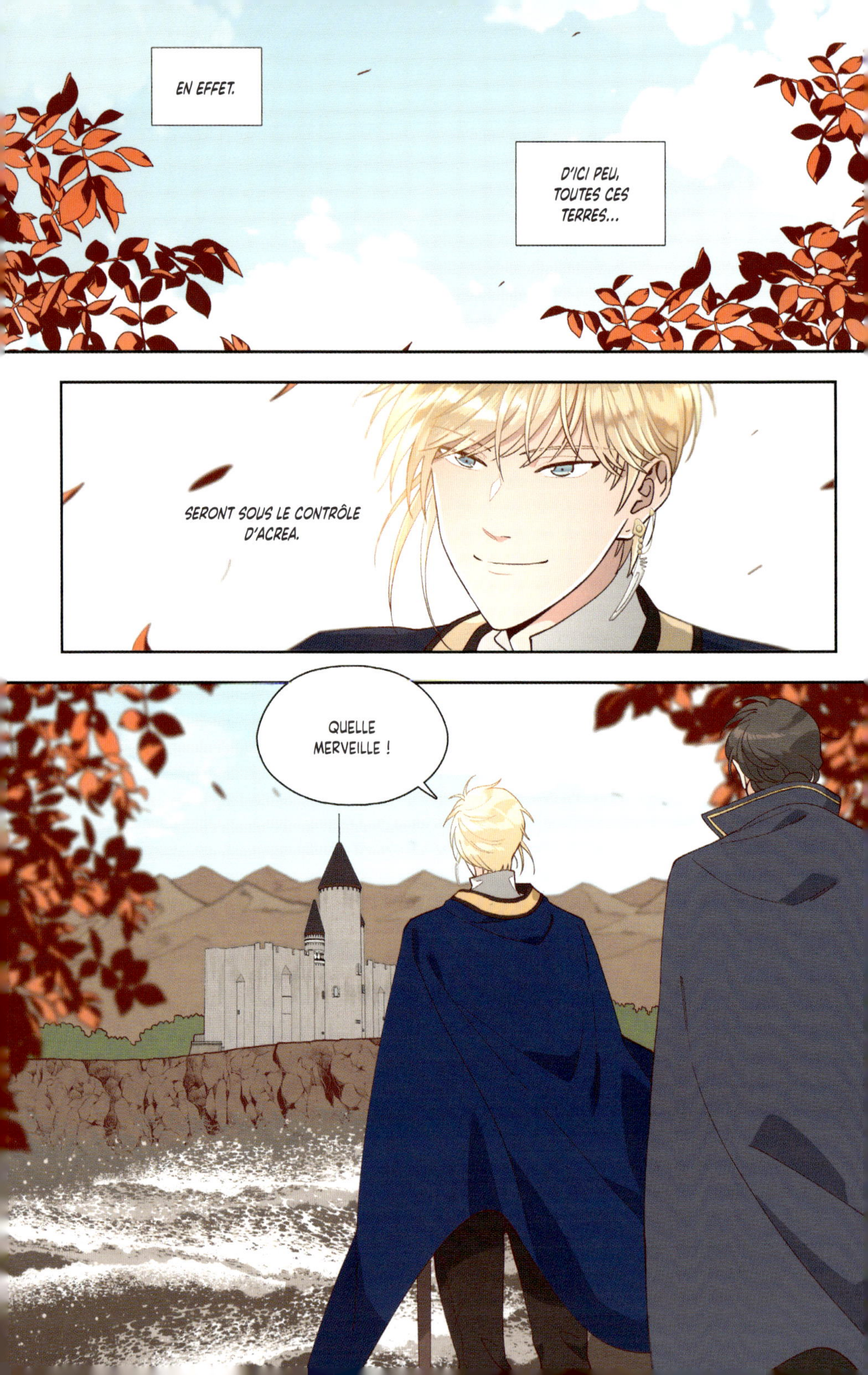
EN EFFET.
D'ICI PEU, TOUTES CES TERRES...
SERONT SOUS LE CONTRÔLE D'ACREA.
QUELLE MERVEILLE !

APRÈS ÇA, TOUT RENTRA RAPIDEMENT DANS L'ORDRE.
AVEC UN SIMPLE...
FLAP
MAIS PUISSANT...
ÉCHEC ET MAT !

ET AINSI, LE CHÂTEAU DE BEBAROU...
FUT CONQUIS.

LUXOS 1ER
GAGNA AINSI LE SURNOM DE
"SOUVERAIN DU NORD".

LE CHANGEMENT ARRIVA...
AUSSI POUR LES SOLDATS ACRÉENS...

JE VAIS VOMIR.
TADAA
URGH...
ALORS QU'EHAS ET CUKDA ÉTAIENT ENGAGÉS DANS UNE GUERRE SUR LA CÔTE...
BEBAROU PROFITA DU FAIT D'ÊTRE UN ROYAUME EN PAIX.
ILS AVAIENT ACCUMULÉ UN NOMBRE INCALCULABLE DE RICHESSES...
VOYONS...
ET LE BUTIN SUR LEQUEL ÉTAIT TOMBÉ ACRÉA ÉTAIT IMPRES-SIONNANT.
SCRTCH
J'AI FAIT L'INVENTAIRE DES ACCESSOIRES TROIS FOIS...
MAIS COMBIEN DE FOIS AI-JE COMPTÉ LE NOMBRE D'ARMES ? AI-JE RECOMPTÉ LES ÉPÉES ?
SCRTCH
NE T'ÉPUISE PAS TROP.
PFIOU
C'EST VOUS QUI ÊTES ÉPUISÉ, SEIGNEUR BAUFALO.
CE GAMIN A ÉTÉ PLUTÔT UTILE...
DONAU FUT NOMMÉ CHEVALIER À LA SECONDE OÙ IL RENTRA DE LA MISSION.

LE FILS D'UNE FAMILLE HAUT-PLACÉE QUI DEVIENT CHEVALIER.
IL NE VA PAS METTRE LONGTEMPS À DEVENIR MON SUPÉRIEUR.
TAP TAP
J'ESPÈRE QU'IL AURA MÛRI D'ICI LÀ.
ALORS ?
QUE VEUX-TU SAVOIR SUR POLLYANNA WINTER ?
EH BIEN, C'EST MARRANT QU'ON AIT UNE FEMME CHEVALIER.
JE ME DEMANDAIS COMMENT S'ÉTAIT PASSÉ LA RECONNAISSANCE À LA RIVIÈRE.
HMM...
JE PRÉFÈRE NE PAS ENTENDRE ÇA.
FWIT
RIEN DE PARTICULIER.

ELLE ÉTAIT SIMPLEMENT COMME N'IMPORTE QUEL CHEVALIER.
HA
HA
PLOP
OH...
SALUT...
TCHAC

QUE...?
QUE FAITES-VOUS ?
FRRT
NE RENDEZ PAS LES CHOSES PLUS COMPLIQUÉES.
ON A BESOIN DE VOUS, SEIGNEUR POL.
FWOO
VOUS NE POUVEZ PAS JUSTE ME DIRE CE QUI SE PASSE ?
S'IL VOUS PLAÎT, PARDONNEZ-NOUS !
JE N'AI PAS LA PATIENCE POUR ÇA...

FWIP
BANG
PAF
C'EST QUOI CE BORDEL ?
TADAP
OH, HÉ...
SEIGNEUR POLLYANNA !
WOUSH
HYAH !
FWOUSH
TROP RAPIDE !
JE T'AI VU VENIR, AVEC TON SAC
C'EST QUOI LEU PROBLÈME
SHWC

MISS POLLYANNA...
S'EST ÉCHAPPÉE ?
JE SUIS DÉÇU, JE COMPTAIS SUR VOUS.
QU'EST-CE QU'ON ÉTAIT CENSÉS FAIRE ? ELLE NOUS A TOUS LES DEUX ASSOMMÉS EN SORTANT DE NULLE PART !
ON EN A EU UN !
URGH !
SEIGNEUR HOWE !
BEAU TRAVAIL. C'EST UNE VRAIE ANGUILLE.
POF
UGH !
NGGH !

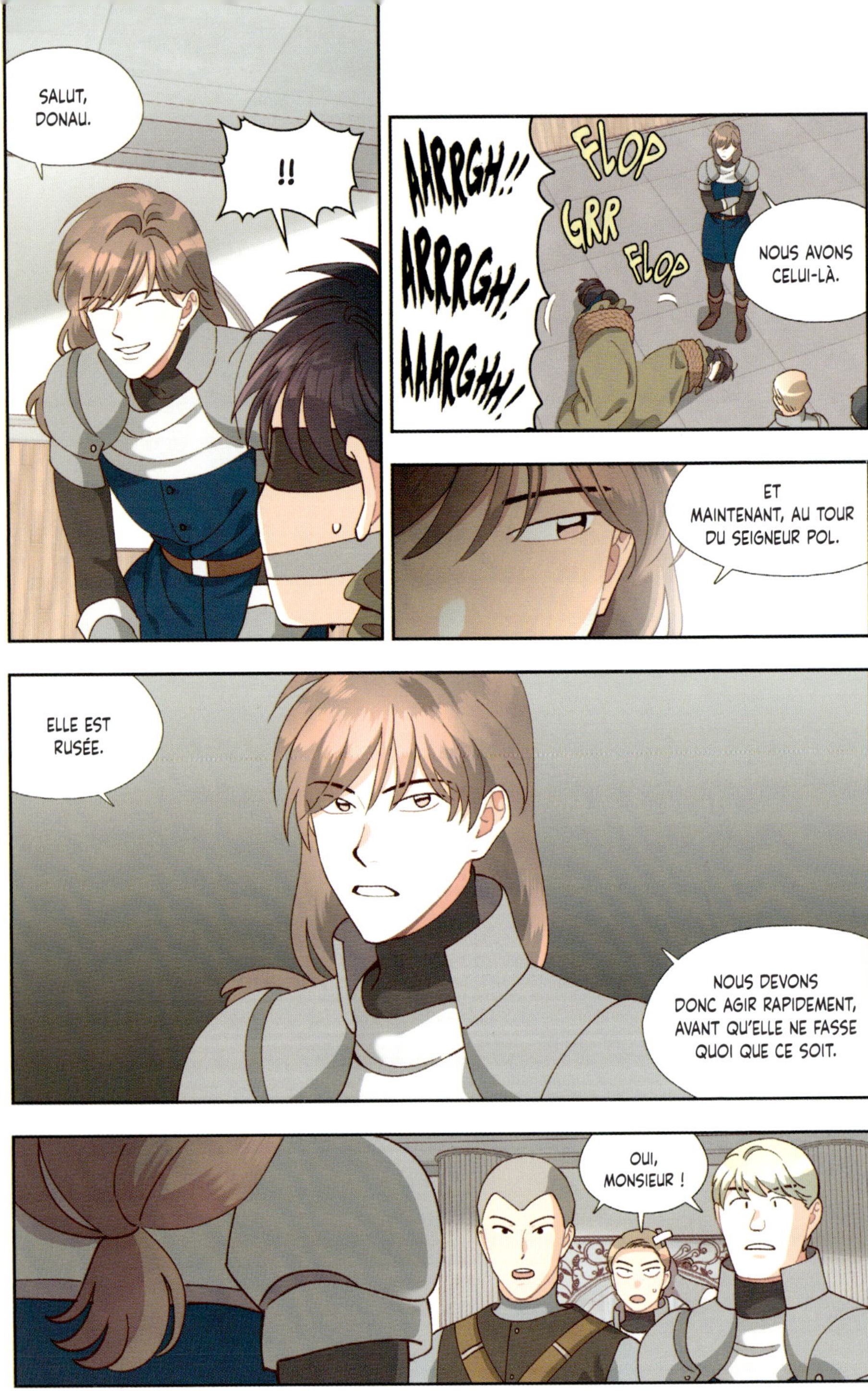
SALUT, DONAU.
!!
AARRGH !! ARRRGH ! AAARGHH !
FLOP
GRR
FLOP
NOUS AVONS CELUI-LÀ.
ET MAINTENANT, AU TOUR DU SEIGNEUR POL.
ELLE EST RUSÉE.
NOUS DEVONS DONC AGIR RAPIDEMENT, AVANT QU'ELLE NE FASSE QUOI QUE CE SOIT.
OUI, MONSIEUR !

AUJOURD'HUI EST UNE OCCASION UNIQUE.
DADOUM
HMPF
FAISONS-LEUR UN BIZUTAGE QU'ILS NE SONT PAS PRÈS D'OUBLIER.
CLAP
OH OUI !
DANS LE DOS DE DONAU
TAP
TAP
FIOU
QU'EST-CE QU'ILS VEULENT À LA FIN ?!

L'armure et la couronne

POLLYANNA WINTER…
AVAIT UN TERRIBLE PRESSENTIMENT…
J'AI ENTENDU DIRE QUE LE SEIGNEUR POL S'ÉTAIT ENFUIE.
VRAI-MENT ?
COMMENT A-T-ELLE DEVINÉ ?
AHAA !
LES CHEVALIERS PRÉPARENT QUELQUE CHOSE.
HAAA…
SES ANNÉES D'EXPÉRIENCES LUI AVAIENT APPRIS…
QUE SES COLLÈGUES…
N'AIMAIENT PAS LA VOIR RÉUSSIR…

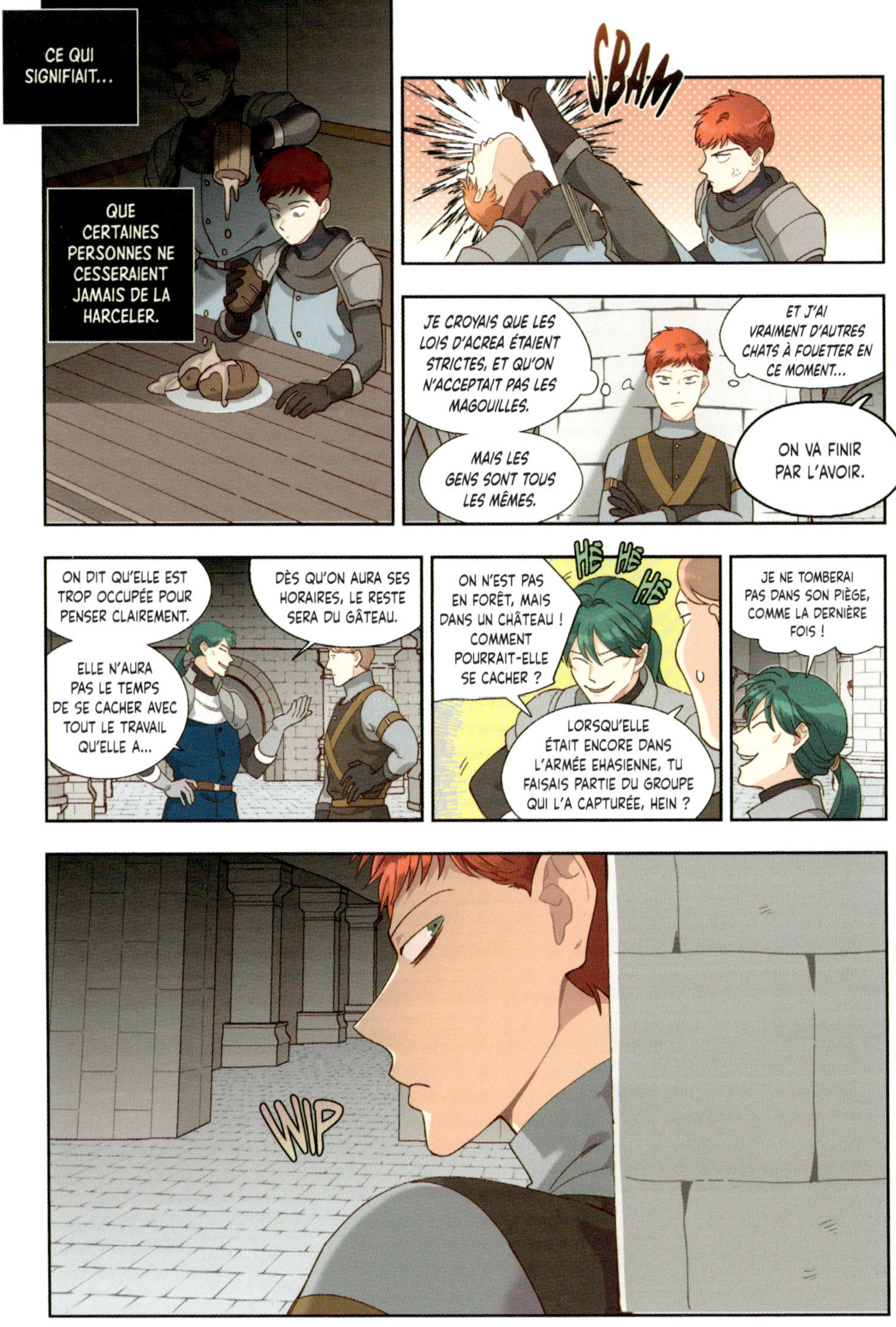
CE QUI SIGNIFIAIT…
QUE CERTAINES PERSONNES NE CESSERAIENT JAMAIS DE LA HARCELER.
SBAM
JE CROYAIS QUE LES LOIS D'ACREA ÉTAIENT STRICTES, ET QU'ON N'ACCEPTAIT PAS LES MAGOUILLES.
MAIS LES GENS SONT TOUS LES MÊMES.
ET J'AI VRAIMENT D'AUTRES CHATS À FOUETTER EN CE MOMENT…
ON VA FINIR PAR L'AVOIR.
ON DIT QU'ELLE EST TROP OCCUPÉE POUR PENSER CLAIREMENT.
ELLE N'AURA PAS LE TEMPS DE SE CACHER AVEC TOUT LE TRAVAIL QU'ELLE A…
DÈS QU'ON AURA SES HORAIRES, LE RESTE SERA DU GÂTEAU.
HÉ HÉ HÉ
ON N'EST PAS EN FORÊT, MAIS DANS UN CHÂTEAU ! COMMENT POURRAIT-ELLE SE CACHER ?
LORSQU'ELLE ÉTAIT ENCORE DANS L'ARMÉE EHASIENNE, TU FAISAIS PARTIE DU GROUPE QUI L'A CAPTURÉE, HEIN ?
JE NE TOMBERAI PAS DANS SON PIÈGE, COMME LA DERNIÈRE FOIS !
WIP

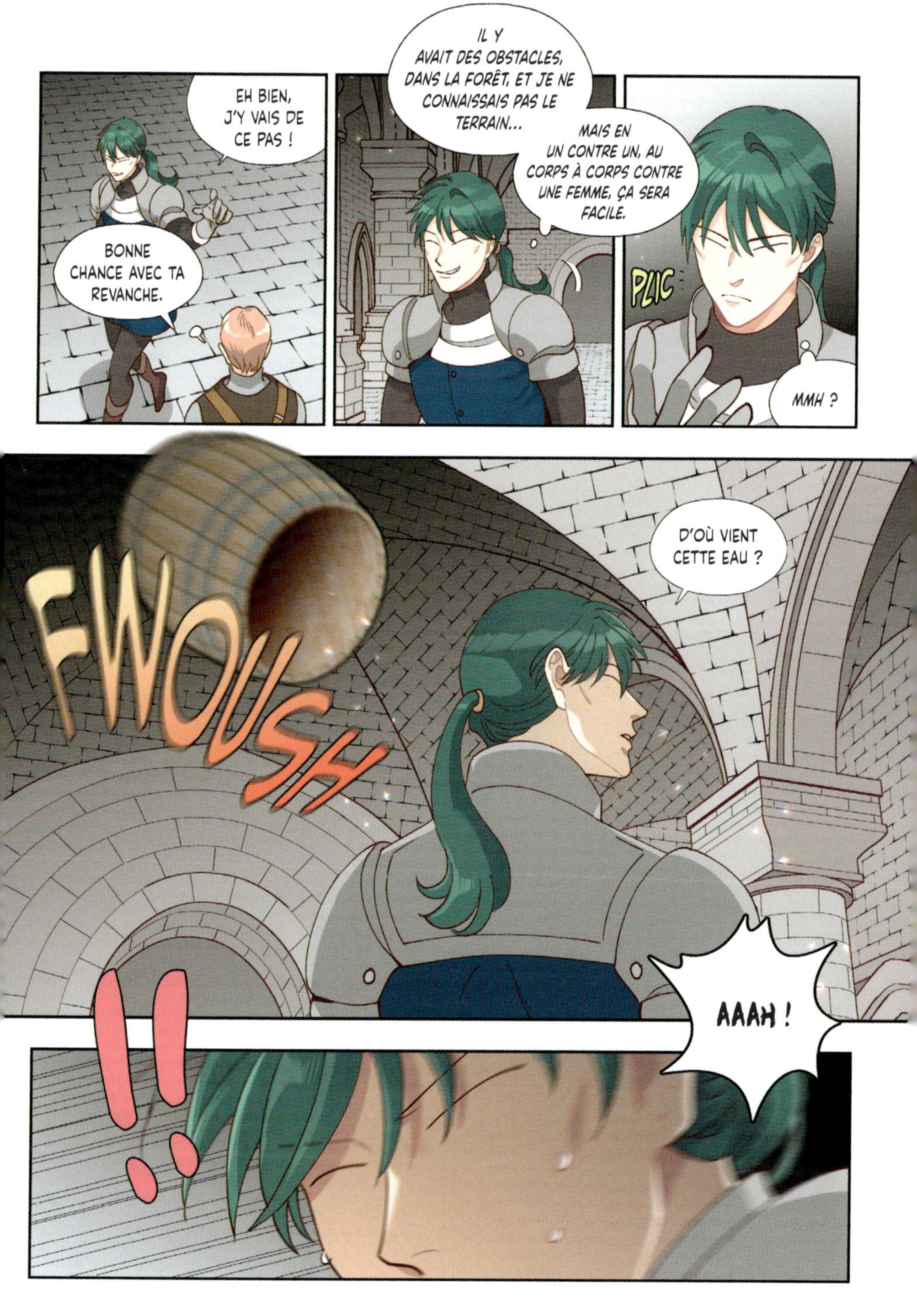
EH BIEN, J'Y VAIS DE CE PAS !
BONNE CHANCE AVEC TA REVANCHE.
IL Y AVAIT DES OBSTACLES, DANS LA FORÊT, ET JE NE CONNAISSAIS PAS LE TERRAIN...
MAIS EN UN CONTRE UN, AU CORPS À CORPS CONTRE UNE FEMME, ÇA SERA FACILE.
PLIC
MMH ?
FWOUSH
D'OÙ VIENT CETTE EAU ?
AAAH !
!!

BAM
BAABAM
QU'EST-CE QUI SE PASSE ?
WOUSH
FIOU
GH...
AAAAAAAAH !
BADABOUM
BAM

LE SEIGNEUR POL A LANCÉ UNE CONTRE-ATTAQUE !
PRENEZ VOS PRÉCAUTIONS EN PARTANT EN MISSION !
BADOM
BADOM
ON POURCHASSE UNE BÊTE SAUVAGE ?
LA SÉCURITÉ AVANT TOUT ! JE RÉPÈTE ! LA SÉCURITÉ AVANT TOUT !!
FLOP
FLOP
ALLEZ POLLYANNA WINTER !
AH
TOI.
DEPUIS QUAND ÊTES-VOUS AMIS ?
NON ! JE ME FICHE D'ELLE ! C'EST JUSTE QUE JE VOUS DÉTESTE, LES GARS !
GROAR

BUREAU DE LUXOS 1ER
EST-CE MOI, OU LE CHÂTEAU EST PLUS BRUYANT QUE D'HABITUDE ?
C'EST LA FÊTE D'INTÉGRATION DU SEIGNEUR DONAU ET DU SEIGNEUR POL. FÊTE QUE VOUS AVEZ APPROUVÉE IL Y A QUELQUES JOURS.
OH... COMME LE TEMPS PASSE.
IL EST ENCORE TÔT... ONT-ILS DÉJÀ COMMENCÉ À BOIRE ?
PAS EXACTEMENT...
LE SEIGNEUR POLLYANNA N'A PAS DÛ COMPRENDRE LA SITUATION, PUISQU'ELLE S'EST ENFUIE.
QUE VEUX-TU DIRE ?
EH BIEN...
TRADITIONNELLEMENT, NOUS FAISONS LA SURPRISE AUX NOUVELLES RECRUES...
DANS TOUS LES CAS, LORSQUE LES FESTIVITÉS DÉBUTERONT, J'ESPÈRE QUE VOUS VIENDREZ MONTRER VOTRE SOUTIEN.
BIEN SÛR. JE SERAI LÀ.
J'AI HÂTE.

SCRRR
BOM BOM
POURQUOI Y A-T-IL AUTANT DE TONNEAUX VIDES ?
J'ESPÈRE QUE PERSONNE NE VOLE DANS LES STOCKS.
BOM
BOM
BOM
AU MOINS, ILS SONT UTILES !
BOM
BOM
A... ATTENDEZ...!
SEIGNEUR POL ! JUSTE UN MOT !
NOUS NE VOUS VOULONS AUCUN MAL ! C'EST JUSTE POUR LA FÊTE D'INTÉGRATION, UNE INITIATION...
SEIGNEUR POL ?
VOUS M'ENTENDEZ ?
FIOU
UNE FÊTE D'INTÉGRATION ?
WOUUSH
VOUS PENSIEZ VRAIMENT QUE JE ME LAISSERAIS AVOIR PAR UNE EXCUSE PAREILLE ?

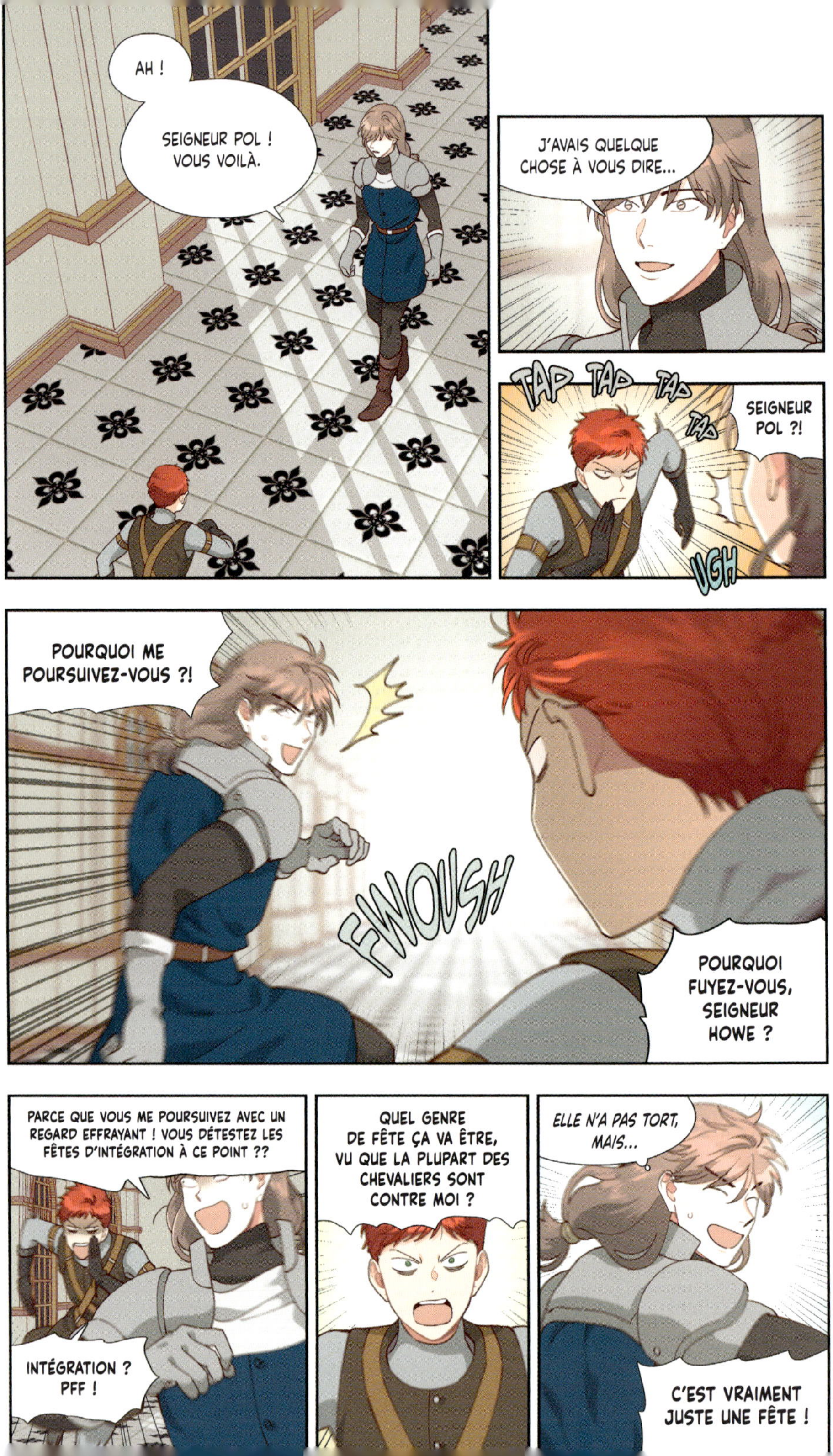
AH !
SEIGNEUR POL ! VOUS VOILÀ.
J'AVAIS QUELQUE CHOSE À VOUS DIRE...
TAP TAP TAP TAP
SEIGNEUR POL ?!
UGH
POURQUOI ME POURSUIVEZ-VOUS ?!
FWOUSH
POURQUOI FUYEZ-VOUS, SEIGNEUR HOWE ?
PARCE QUE VOUS ME POURSUIVEZ AVEC UN REGARD EFFRAYANT ! VOUS DÉTESTEZ LES FÊTES D'INTÉGRATION À CE POINT ??
INTÉGRATION ? PFF !
QUEL GENRE DE FÊTE ÇA VA ÊTRE, VU QUE LA PLUPART DES CHEVALIERS SONT CONTRE MOI ?
ELLE N'A PAS TORT, MAIS...
C'EST VRAIMENT JUSTE UNE FÊTE !

SHWOO
CALMEZ-VOUS ! JE VEUX JUSTE PARLER !
IL Y A QUELQU'UN ?
BLING
NON...
LE SEIGNEUR HOWE N'ÉTAIT QU'UN APPÂT ?
POM
FWIP
BOM

OH !

VOTRE MAJESTÉ ?!
!
UGH
V... VOTRE MAJESTÉ !
JE N'AVAIS PAS L'INTENTION DE VOUS ATTAQUER, VOTRE MAJESTÉ !
VOTRE HUMBLE SERVITEUR ESSAYAIT SEULEMENT DE COMPRENDRE TOUTE CETTE AGITATION...
TCHAC
JE T'AI EUE !
?
?
TAP
TAP
TAP
??
FFT

SÉRIEUX ?
UNE FÊTE D'INTÉGRATION ?
C'EST POUR ÇA QU'IL Y AVAIT AUTANT DE FÛTS D'ALCOOL PARTOUT ?
HÉ HÉ HÉ
HÉ HÉ HÉ
HÉ HÉ HÉ
HÉ HÉ HÉ
SEIGNEUR POL...
J'ESPÈRE QUE VOUS SEREZ À LA HAUTEUR, POUR JUSTIFIER LES SOUFFRANCES QUE VOUS NOUS AVEZ FAIT ENDURER !!
C'EST ALORS QUE POLLYANNA SE DIT...
GLUG
GLUG
GLUG
JE PRÉFÈRE...

GLOU
GLOU
GLOU
BANDE D'IMBÉCILES !
BUVEZ, BUVEZ !
ÊTRE VOTRE ENNEMIE À TOUS, ICI !
BLA BLA
EST-CE...
BLA BLA
DE CETTE FAÇON QUE L'ON BOIT, D'HABITUDE, PAR ICI ?
NE VOUS OCCUPEZ PAS D'EUX, ET ASSEYEZ-VOUS, VOTRE MAJESTÉ.
OUAH !
SEIGNEUR POL ! QUELLE DESCENTE !
GULP
GULP
JE VAIS LE FAIRE MOI-MÊME.
ENFIN...

PEUT-ÊTRE ÉTAIT-CE LA CONSOMMATION EXCESSIVE D'ALCOOL…
OU BIEN LA MONTAGNE DE TRAVAIL QU'ELLE AVAIT EU DERNIÈREMENT…
MAIS CETTE NUIT-LÀ, VAINCUE PAR LA FATIGUE DE LA TRAVERSÉE DE LA RIVIÈRE COEMON…
POLLYANNA PLONGEA RAPIDEMENT…
DANS UN PROFOND SOMMEIL.

BEUUUH
MA TÊTE...
OUCH
NOUS AVONS PERDU UNE JOURNÉE POUR LA FÊTE D'INTÉGRATION...
CE QUI VEUT DIRE PLUS DE TRAVAIL AUJOURD'HUI.
FWISH
FWISH

SEIGNEUR POL !
BONJOUR...
PASSEZ UNE BONNE JOURNÉE !
QUOI ? MÊME APRÈS LA RACLÉE QUE JE LUI AI COLLÉE HIER PARCE QUE JE NE COMPRENAIS PAS ?
IL NE M'EN TIENT PAS RIGUEUR ?
OH, AU FAIT...
VOUS AVEZ ÉTÉ GÉNIALE...
HIER, À LA FÊTE D'INTÉGRATION.
HUM...
CE N'ÉTAIT DONC PAS UNE TOTALE PERTE DE TEMPS ? LES CHEVALIERS SEMBLENT...
BONJOUR SEIGNEUR POL !
JE ME SUIS BIEN AMUSÉ, HIER !
BIEN PLUS AMICAUX...
VOUS AVEZ ÉTÉ INCROYABLE, LA NUIT DERNIÈRE, SEIGNEUR POL !
UNE FRANCHE CAMARADERIE.

TAP
EH BIEN...
AU TRAVAIL.

TAP
AH, SEIGNEUR BAUFALO.
BONJ...
SEIGNEUR POL.
POF
VOUS AVEZ UN SACRÉ PENCHANT POUR LA BOUTEILLE.
NE SOYEZ PAS AINSI.
UN JEUNE CHEVALIER COMME VOUS, PUTAIN...
?!
!!
SHHH
SHHH

QUOI ?!
VOUS AVEZ ÉTÉ GÉNIALE, HIER.
VOUS AVEZ ÉTÉ INCROYABLE !
JE ME SUIS BIEN AMUSÉ !
QUEL PENCHANT POUR LA BOUTEILLE ??

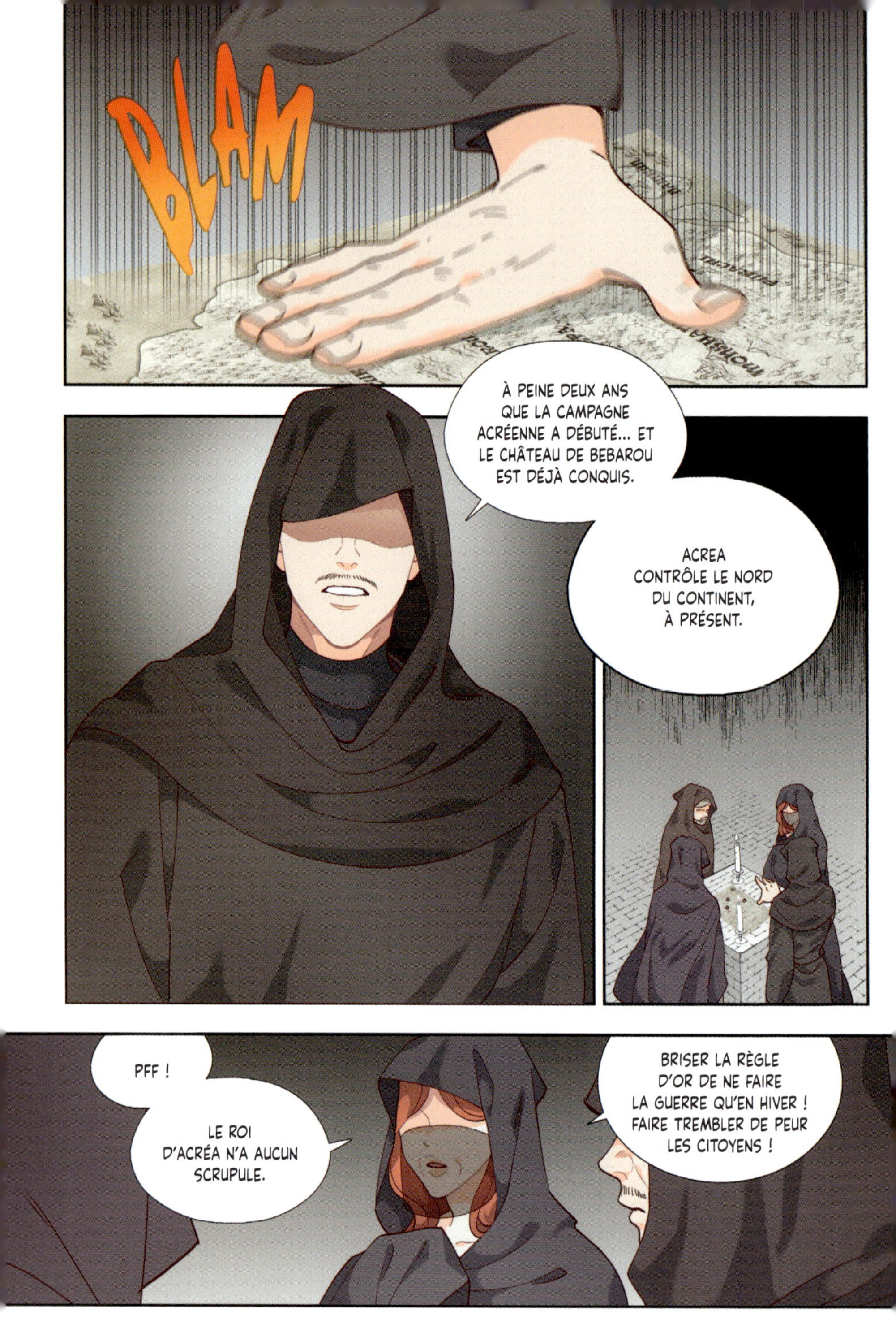
BLAM
À PEINE DEUX ANS QUE LA CAMPAGNE ACRÉENNE A DÉBUTÉ... ET LE CHÂTEAU DE BEBAROU EST DÉJÀ CONQUIS.
ACREA CONTRÔLE LE NORD DU CONTINENT, À PRÉSENT.
PFF !
LE ROI D'ACRÉA N'A AUCUN SCRUPULE.
BRISER LA RÈGLE D'OR DE NE FAIRE LA GUERRE QU'EN HIVER ! FAIRE TREMBLER DE PEUR LES CITOYENS !

JE SUIS D'ACCORD.
NOUS NE POUVONS PAS LAISSER LE CONTINENT TOMBER ENTRE LES MAINS D'UN TYRAN QUI A DÉCLENCHÉ CE CARNAGE DÈS QU'IL EST ARRIVÉ AU POUVOIR.
ILS DESCENDENT DEPUIS ACRÉA, S'EMPARANT DE TOUT SUR LEUR PASSAGE.
TING
EN SUIVANT CETTE TRAJECTOIRE, LEUR PROCHAINE CIBLE SERA...
BIKPA
!

...
GALLI III.
VOUS ÊTES PEUT-ÊTRE UN MONARQUE IRRESPONSABLE, MAIS J'OSE ESPÉRER QUE VOUS AVEZ UN PLAN.
EUH... ÉVIDEMMENT...
DU MOMENT QUE J'AI LE SOUTIEN DE L'ALLIANCE CENTRALE...
JE SUIS DÉSOLÉE, MAIS ÇA NE SERA PAS POSSIBLE.
COMPARÉ À BIKPA, LES TROIS AUTRES ROYAUMES SONT BEAUCOUP PLUS PROCHES.

NOUS DEVONS UNIR NOS TROIS ARMÉES, ET NOUS PRÉPARER À L'ATTAQUE D'ACRÉA.
ALORS... VOUS ME LAISSEZ TOMBER ?
FAIRE DES PLANS EN SECRET EN SACHANT QUE VOUS N'AVEZ AUCUNE CHANCE SÉPARÉMENT...
TOUT EN PENSANT ÊTRE MEILLEURS QUE BIKPA ?
CLANG
HMM ?
ATTENDEZ... MEILLEURS QUE BIKPA ?
SE POURRAIT-IL...

C'EST COMME ÇA
QUE NOUS TIENDRONS
TÊTE À ACRÉA !
CLIP
CLOP
SHWOO
CATACLOP
CATACLOP
QUI VA LÀ ?
STRR
JE SUIS
UN MESSAGER
DE BIKPA !

J'AI UN MESSAGE POUR LE ROI D'ACRÉA...
DE LA PART DU ROI DE BIKPA, GALLI III !!!
SI VOUS LE DÉSIREZ...
JE PEUX PENDRE LE MESSAGER AUX REMPARTS.

GALLI III...
ROI DE BIKPA. N'EST-IL PAS UN SOUVERAIN CÉLÈBRE ?
SI, VOTRE MAJESTÉ.
LORSQUE SES COFFRES SONT VIDES, IL PILLE SON PROPRE PEUPLE.
C'EST UN TYRAN IMPITOYABLE.
UN COMPLOT QUI CONVIENT À UN TEL ESPRIT...
UN SACRÉ DÉFI.
TAP
UN DÉFI ?
GALLI III VEUT METTRE SON ROYAUME EN JEU.

Chapitre 5

Le chevalier le plus malchanceux

L'Armure et la Couronne

L'armure et la couronne

LA JOUTE...
C'EST L'UN DES PASSE-TEMPS DU CONTINENT.
LES RÈGLES SONT SIMPLES.
DEUX ADVERSAIRES S'AFFRONTENT AVEC DES LANCES, ET LE PREMIER QUI TOMBE DE CHEVAL PERD.
PARFOIS, LES TOURNOIS DE JOUTE...
SONT ORGANISÉS PAR L'ÉTAT.

PAR EXEMPLE…
CLAP
CLAP
CLAP
CLAP
CLAP
CELUI DU ROI DE BIKPA, GALLI III.
ET…
QUELQUES JOURS APRÈS QUE LA LETTRE DE GALLI III SOIT ARRIVÉE…
VOUS SAVEZ L'AUTRE JOUR, J'AI ENTENDU D'ÉTRANGES RUMEURS DANS LES VILLAGES OÙ JE PATROUILLAIS.
ELLES DISAIENT QUE BIKPA ORGANISERAIT UN TOURNOI DE JOUTE CONTRE L'ARMÉE ACRÉENNE.
SPEUH
OH, RIEN N'EST ENCORE FAIT…
JE VEUX DIRE, QUI POURRAIT DIRE DE TELLES BÊTISES ?

EH BIEN, QUASIMENT TOUS LES VILLAGEOIS PENSENT QUE ÇA VA AVOIR LIEU.
LES DEUX PAYS VONT S'AFFRONTER DANS UN TOURNOI, ET NON DANS UNE BATAILLE, POUR GAGNER LE TERRITOIRE DE L'AUTRE. ILS NE NUIRONT DONC PAS AUX CIVILS.
ET AINSI, D'ÉTRANGES RUMEURS SE SONT PROPAGÉES.
LÂCHES !
ILS SAVENT QU'ILS NE SONT PAS CAPABLES DE NOUS BATTRE SUR LE CHAMP DE BATAILLE. C'EST POUR CELA QU'ILS ONT INVENTÉ CETTE RUSE !
NE VOUS FAITES PAS AVOIR, VOTRE MAJESTÉ !
LES RUSES EN POLITIQUE SONT AUSSI DE BONNES STRATÉGIES.
NE T'ÉNERVE PAS, JE SAVAIS QUE ÇA ALLAIT ARRIVER.
SI NOUS EMPLOYONS LA FORCE, ILS NOUS ACCUSERONT D'AVOIR MENÉ UNE BATAILLE SANS RAISON, ET D'AVOIR REFUSÉ LEUR PROPOSITION D'AFFRONTE-MENT PACIFIQUE.
ILS ONT CHOISI CETTE TACTIQUE, CAR ILS SAVENT QUE NOUS FAISONS ATTENTION À L'OPINION PUBLIQUE DANS LES TERRES QUE NOUS CONQUÉRONS.

EXACT.
PAS ÉTONNANT.
BIEN... QU'EN PENSEZ-VOUS, MES CHEVALIERS ?
ÊTES-VOUS DE BONS JOUEURS ?

UNE GUERRE PACIFIQUE ! ÇA ME SEMBLE BIEN, NON ?
QUEL GENRE DE ROI REFUSERAIT CELA ?
EN PARTICULIER LORSQU'IL S'AGIT D'ÊTRE LÉGITIME ?

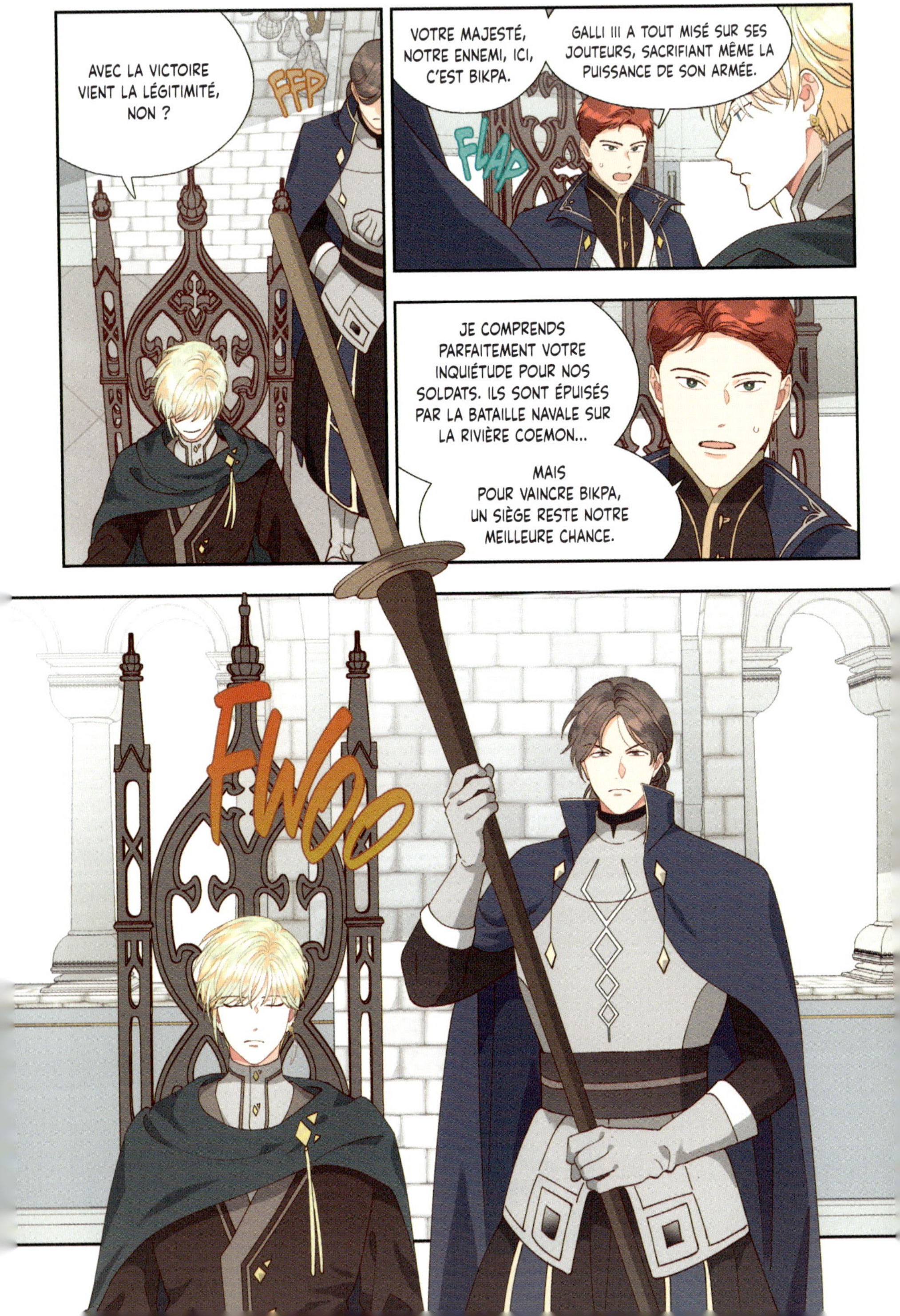
AVEC LA VICTOIRE VIENT LA LÉGITIMITÉ, NON ?
FFP
VOTRE MAJESTÉ, NOTRE ENNEMI, ICI, C'EST BIKPA.
GALLI III A TOUT MISÉ SUR SES JOUTEURS, SACRIFIANT MÊME LA PUISSANCE DE SON ARMÉE.
FLAP
JE COMPRENDS PARFAITEMENT VOTRE INQUIÉTUDE POUR NOS SOLDATS. ILS SONT ÉPUISÉS PAR LA BATAILLE NAVALE SUR LA RIVIÈRE COEMON...
MAIS POUR VAINCRE BIKPA, UN SIÈGE RESTE NOTRE MEILLEURE CHANCE.
FWOO

SEIGNEUR AINO ?
LORSQUE J'AVAIS L'HABITUDE DE M'ENTRAÎNER SEUL...
J'AI PARTICIPÉ AUX TOURNOIS DE JOUTE À BIKPA...
TROIS ANS D'AFFILÉE.
ET IL A REMPORTÉ LES TROIS.
MÊME SI J'ÉTAIS LE SEUL À Y PRENDRE PART...
JE SUIS CERTAIN DE TOUS LES BATTRE.
CAPITAINE DE LA GARDE, AINO SEKI AMI D'ENFANCE DE LUXOS
AINO EST SANS AUCUN DOUTE UN HOMME DOTÉ DE GRANDES APTITUDES AU COMBAT.

LE PEUPLE D'ACREA DIRAIT…
QU'IL N'EST JAMAIS VAINCU LORSQU'IL BRANDIT L'ÉPÉE, JAMAIS VAINCU LORSQU'IL MONTE À CHEVAL…
ET QUE C'EST UNE VICTOIRE ASSURÉE LORSQU'IL DÉCOCHE UNE FLÈCHE.
NOUS ALLONS DEVOIR CHOISIR NEUF AUTRES CHEVALIERS POUR ACCOMPAGNER AINO, ET LEUR FAIRE DÉBUTER L'ENTRAÎNEMENT À LA JOUTE.
DE MÊME QUE POUR RÉPONDRE À BIKPA, NOUS POUVONS PRENDRE LE TEMPS DE NOUS PRÉPARER.
DU MOINS, JUSQU'À CE QUE LE MOT SOIT PASSÉ À TRAVERS LE CONTINENT, QUE LE VAINQUEUR DU TOURNOI RÈGNERA SUR LE ROYAUME DE BIKPA.

DE PLUS, SEIGNEUR BAUFALO.
JE VOUDRAIS VOUS PARLER DU SEIGNEUR POLLYANNA.
ALORS, JE VAIS ÊTRE TRANSFÉRÉE...
DANS L'INFANTERIE ?
EXACT.
TU AS FAIT DU BON TRAVAIL, JUSQU'ICI.
...
C'EST ASSEZ BRUTAL.
HEIN ?

C'EST À CAUSE DE MON PENCHANT POUR LA BOUTEILLE ?
QUEL GENRE DE PERSONNE CROYEZ-VOUS QUE JE SOIS ?
JE NE TE RENVERRAIS JAMAIS POUR DES RAISONS PERSONNELLES !
POURQUOI PENSES-TU CELA ? C'EST CE QU'A FAIT TON PRÉCÉDENT SUPÉRIEUR ?
QUOI ? UNE FEMME ? NON MERCI.
PFIOU.
SA MAJESTÉ PENSE QUE TU ES ASSEZ DOUÉE POUR TE BATTRE AVEC LES AUTRES CHEVALIERS, SUR LE CHAMP DE BATAILLE.
JE NE FAIS QUE SUIVRE SES ORDRES.
À PARTIR DE MAINTENANT, TU ES CENTURION DE L'INFANTERIE.
FÉLICITATIONS. TU DEVRAIS ÊTRE CONTENTE.

J'AI ÉTÉ...
PROMUE.
LE CENTURION EST AU COMMANDEMENT D'UNE CENTAINE DE SOLDATS.
DANS LA HIÉRARCHIE, IL EST EN DESSOUS DU CAPITAINE, MAIS LARGEMENT SUPÉRIEUR AU POSTE DE COMMANDANT DE PELOTON QUE J'OCCUPAIS DANS L'ARMÉE D'EHAS.
J'AI ÉTÉ PROMUE !
EST COMME SUR UN NUAGE.
OUTCH !
BOM
OH, JE SUIS DÉSO...
QUOI ? T'ES AVEUGLE...
AH, JE N'AI PAS EU L'OCCASION DE TE LE DIRE MAIS...
FÉLICITATIONS POUR TON ADOUBEMENT, CHEVALIER...
BON, EH BIEN.

VOUS AUSSI, SEIGNEUR POLLYANNA. FÉLICITATIONS POUR VOTRE PROMOTION EN TANT QUE CENTURION.
QU'EST-CE QUI T'ARRIVE ?
HUM
MAIS RIEN !
LE MÉRITE TE REVIENT POUR LA CONQUÊTE DU CHÂTEAU DE BEBAROU !
JE SUIS LE MIEUX PLACÉ POUR LE SAVOIR, PUISQUE J'ÉTAIS LÀ POUR LA MISSION DE RECONNAISSANCE !
ALORS...
À PARTIR DE MAINTENANT, EN TANT QUE SUBORDONNÉ...
J'AIMERAIS VOUS TÉMOIGNER LE RESPECT QUE VOUS MÉRITEZ.
INTÉRESSANT.
QUEL GENRE DE SUBORDONNÉ JUGE SES SUPÉRIEURS AVANT MÊME DE DÉCIDER DE LES TRAITER AVEC RESPECT OU NON ?
GLOUPS

MAIS C'EST UNE BONNE JOURNÉE...
ALORS JE VAIS SIMPLEMENT LAISSER COULER.
ET C'EST AINSI...
QU'ACREA ACCEPTA LA PROPOSITION DE BIKPA POUR UN TOURNOI DE JOUTE.

L'armure et la couronne

LES DEUX ROYAUMES AYANT APPROUVÉ L'IDÉE D'UN TOURNOI DE JOUTE, BIKPA CONTINUA À RÉPANDRE LA NOUVELLE.
TAP TAP
BLA BLA
CE N'ÉTAIT DONC PAS UNE RUMEUR ?
BLA BLA
QU'EST-CE QUE MIJOTE GALLI III ?
ÇA SERA TOUJOURS MIEUX QU'UNE GUERRE...
BLA BLA BLA BLA

BLA BLA
UNE CHOSE ÉTAIT SÛRE…
BLA
BLA
GALLI III ÉTAIT TELLEMENT CERTAIN DE LA VICTOIRE DE BIKPA QU'IL ALLA ANNONCER LA NOUVELLE AU-DELÀ DES FRONTIÈRES.
TA PRISE DOIT ÊTRE PLUS LARGE QUE ÇA !
C'EST PAS COMME POUR UNE ÉPÉE. TU NE POURRAS PAS TROUVER LE BON ÉQUILIBRE SI TU PRENDS TA LANCE COMME ÇA.
REDRESSE-TOI UN PEU PLUS.
TACLAC
TIENS-TOI BIEN AVEC TES JAMBES ! BIEN.
C'EST DONC VRAI.
LE SEIGNEUR LEVY S'ENTRAÎNE AVEC LE SEIGNEUR AINO.

QUELLE SCÈNE EXCEPTIONNELLE !
REGARDE QUI S'ÉNERVE ! LE GRAND LEVY !
TOUTE L'ARMÉE AURAIT DÛ VENIR VOIR ÇA !
ILS N'OSERAIENT PAS !
POUR PRÉSERVER LA DIGNITÉ DES SUPÉRIEURS, OU JE NE SAIS QUOI...
FWOOM
LES SUBORDONNÉS NE SONT PAS AUTORISÉS À ASSISTER AUX SÉANCES D'ENTRAÎNEMENT...
REGARDEZ QUI SAIT SI BIEN QU'IL EST INTERDIT D'Y ASSISTER...
ET QUI, MALGRÉ TOUT, SE CACHE ICI.
S... SEIGNEUR POLLYANNA...
JE PEUX VOUS EXPLIQUER...
SEIGNEUR LEVY, PAR ICI ! J'EN AI EU DEUX !
PETITS SALOPARDS !
VOUS CHERCHEZ À VOUS FAIRE PUNIR ?

JE VAIS VOUS APPRENDRE !
CATACLOP
ON EST DÉSOLÉS, MESSIRE !
CATACLOP
EH BIEN, EH BIEN.
ET L'ARMÉE ACRÉENNE...
DÉBUTA L'ENTRAÎNEMENT À LA LANCE À CHEVAL...
SOUS LE COMMANDEMENT D'AINO SEKI, LE CAPITAINE DE LA GARDE.
NEUF CHEVALIERS, LA PLUPART COMMANDANTS, ALLAIENT PARTICIPER AU TOURNOI.
AFIN DE GARDER TOUTE DIGNITÉ ET CONFIDENTIALITÉ, LES SOLDATS AVAIENT L'INTERDICTION FORMELLE DE REGARDER LEURS SUPÉRIEURS S'ENTRAÎNER...
MAIS, COMME LA PRATIQUE DE LA LANCE DEVAIT SE DÉROULER EN EXTÉRIEUR, IL ÉTAIT DIFFICILE DE GARDER CES SÉANCES HORS DE LA VUE DES SOLDATS.
IL Y AURA TOUJOURS DES IDIOTS POUR FAIRE CE QU'ON LEUR INTERDIT...
UGH !
ALORS...

SA PREMIÈRE MISSION EN TANT QUE CENTURION FUT DE CAPTURER CES SOLDATS.
CLING
BONSOIR, VOTRE MAJESTÉ !
TAC
IL EST TARD, TU DOIS ÊTES FATIGUÉE, SEIGNEUR POLLYANNA.
COMMENT SE PASSE L'ENTRAÎNEMENT ?
TOUT VA BIEN. LE SEIGNEUR AINO EST UN BON PROFESSEUR.
AH, QUI S'OCCUPE DE...?
OH, BIEN SÛR...
LE SEIGNEUR MAHOGAL.

BELLE SOIRÉE, SEIGNEUR POLLYANNA.
COMMANDANT DE LA GARDE SEIGNEUR MAHOGAL
JE ME DEMANDAIS QUI REMPLACERAIT LE SEIGNEUR AINO...
MAIS JE SUIS SOULAGÉ QUE CE SOIT VOUS SEIGNEUR MAHOGA
ATTENDEZ !
POM
CLOP
LE SEIGNEUR MAHOGAL DOIT ÊTRE DÉBORDÉ, AVEC L'ENTRAÎNEMENT DES GARDES...
TAP
ÇA DOIT ÊTRE DIFFICILE, POUR LUI, D'ASSURER LA GARDE DE NUIT COMME IL FAUT.
TAP
CETTE NUIT, JE M'EN CHARGERAI MOI...
FWIP
REFUSÉ.
MAIS J'AI DÉJÀ TERMINÉ L'ENTRAÎNEMENT D'AUJOURD'HUI !
JE VEUX QUE TU AIES UNE BONNE NUIT DE REPOS.

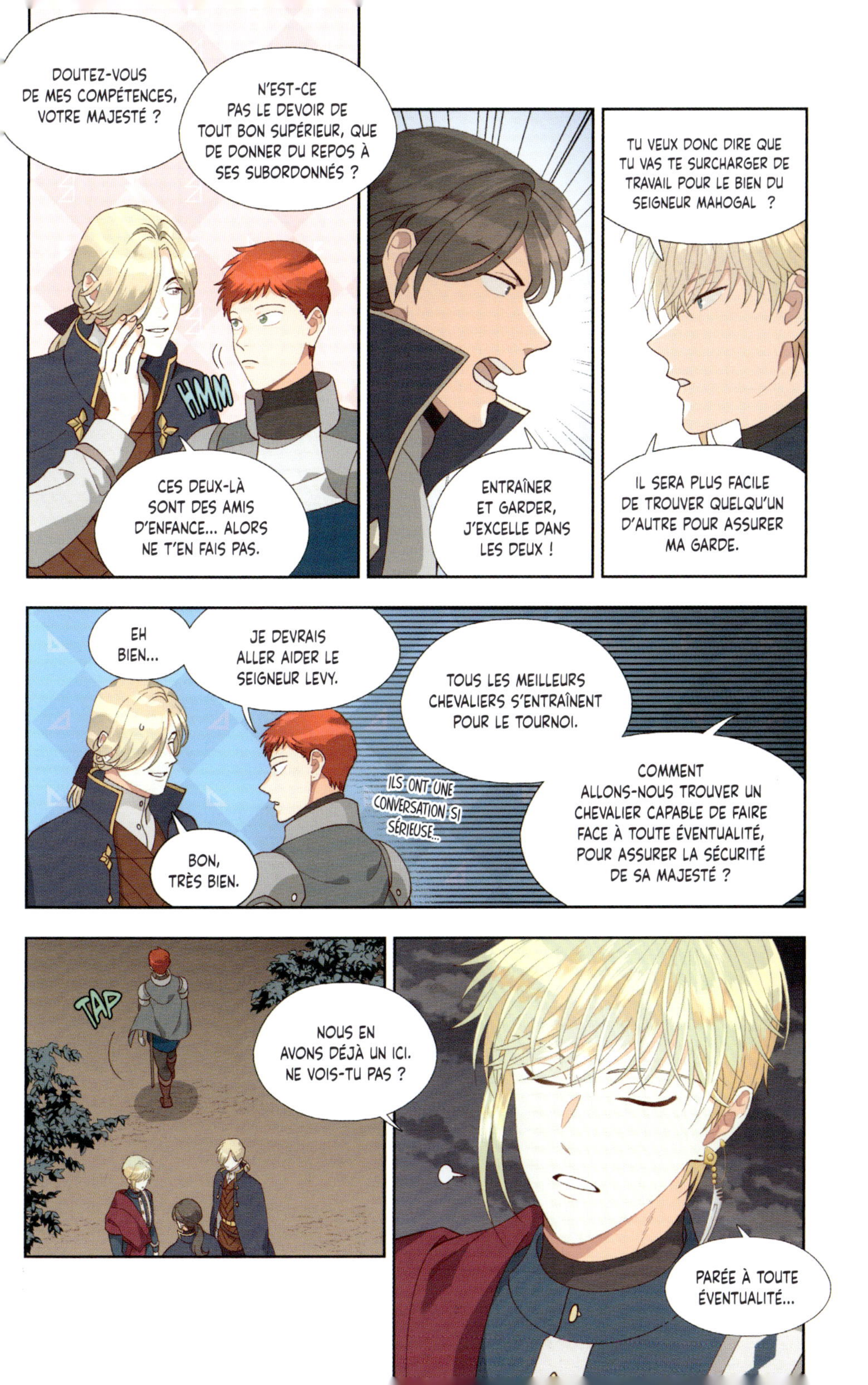
DOUTEZ-VOUS DE MES COMPÉTENCES, VOTRE MAJESTÉ ?
N'EST-CE PAS LE DEVOIR DE TOUT BON SUPÉRIEUR, QUE DE DONNER DU REPOS À SES SUBORDONNÉS ?
HMM
CES DEUX-LÀ SONT DES AMIS D'ENFANCE... ALORS NE T'EN FAIS PAS.
ENTRAÎNER ET GARDER, J'EXCELLE DANS LES DEUX !
TU VEUX DONC DIRE QUE TU VAS TE SURCHARGER DE TRAVAIL POUR LE BIEN DU SEIGNEUR MAHOGAL ?
IL SERA PLUS FACILE DE TROUVER QUELQU'UN D'AUTRE POUR ASSURER MA GARDE.
EH BIEN...
JE DEVRAIS ALLER AIDER LE SEIGNEUR LEVY.
BON, TRÈS BIEN.
ILS ONT UNE CONVERSATION SI SÉRIEUSE...
TOUS LES MEILLEURS CHEVALIERS S'ENTRAÎNENT POUR LE TOURNOI.
COMMENT ALLONS-NOUS TROUVER UN CHEVALIER CAPABLE DE FAIRE FACE À TOUTE ÉVENTUALITÉ, POUR ASSURER LA SÉCURITÉ DE SA MAJESTÉ ?
TAP
NOUS EN AVONS DÉJÀ UN ICI. NE VOIS-TU PAS ?
PARÉE À TOUTE ÉVENTUALITÉ...

ET DOUÉE EN STRATÉGIE MILITAIRE. ELLE L'A PROUVÉ PLUSIEURS FOIS, PAR SA CONTRIBUTION DANS NOS VICTOIRES...
LE SEIGNEUR POLLYANNA.

JE... JE SUIS HONORÉE !
FWIP
SEIGNEUR POLLYANNA.
PENDANT QU'AINO EST OCCUPÉ AVEC LE TOURNOI...
TU SERAS MA GARDE PERSONNELLE.
QUOI ?
QUOI ?

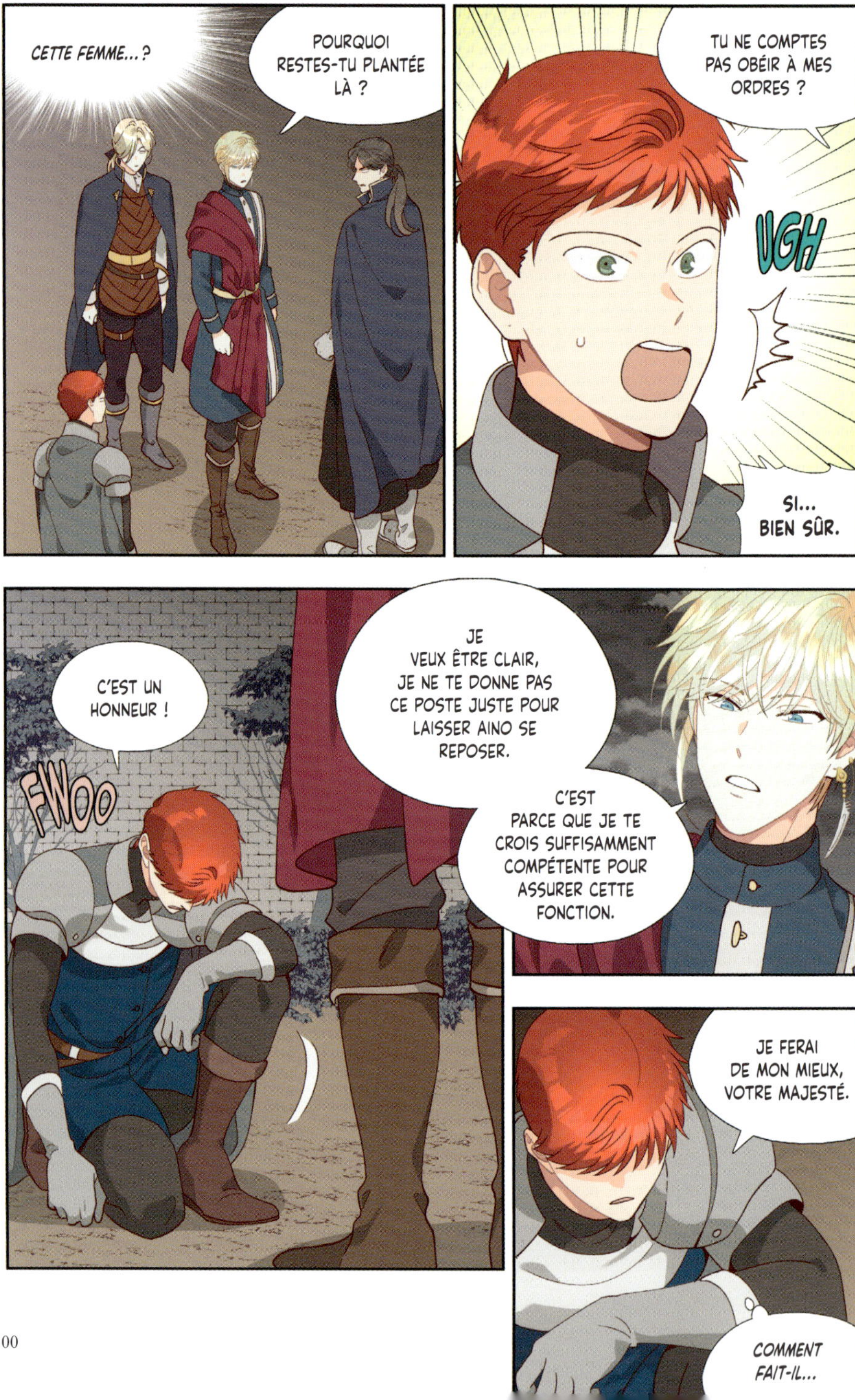
CETTE FEMME... ?
POURQUOI RESTES-TU PLANTÉE LÀ ?
TU NE COMPTES PAS OBÉIR À MES ORDRES ?
UGH
SI... BIEN SÛR.
C'EST UN HONNEUR !
FWOO
JE VEUX ÊTRE CLAIR, JE NE TE DONNE PAS CE POSTE JUSTE POUR LAISSER AINO SE REPOSER.
C'EST PARCE QUE JE TE CROIS SUFFISAMMENT COMPÉTENTE POUR ASSURER CETTE FONCTION.
JE FERAI DE MON MIEUX, VOTRE MAJESTÉ.
COMMENT FAIT-IL...

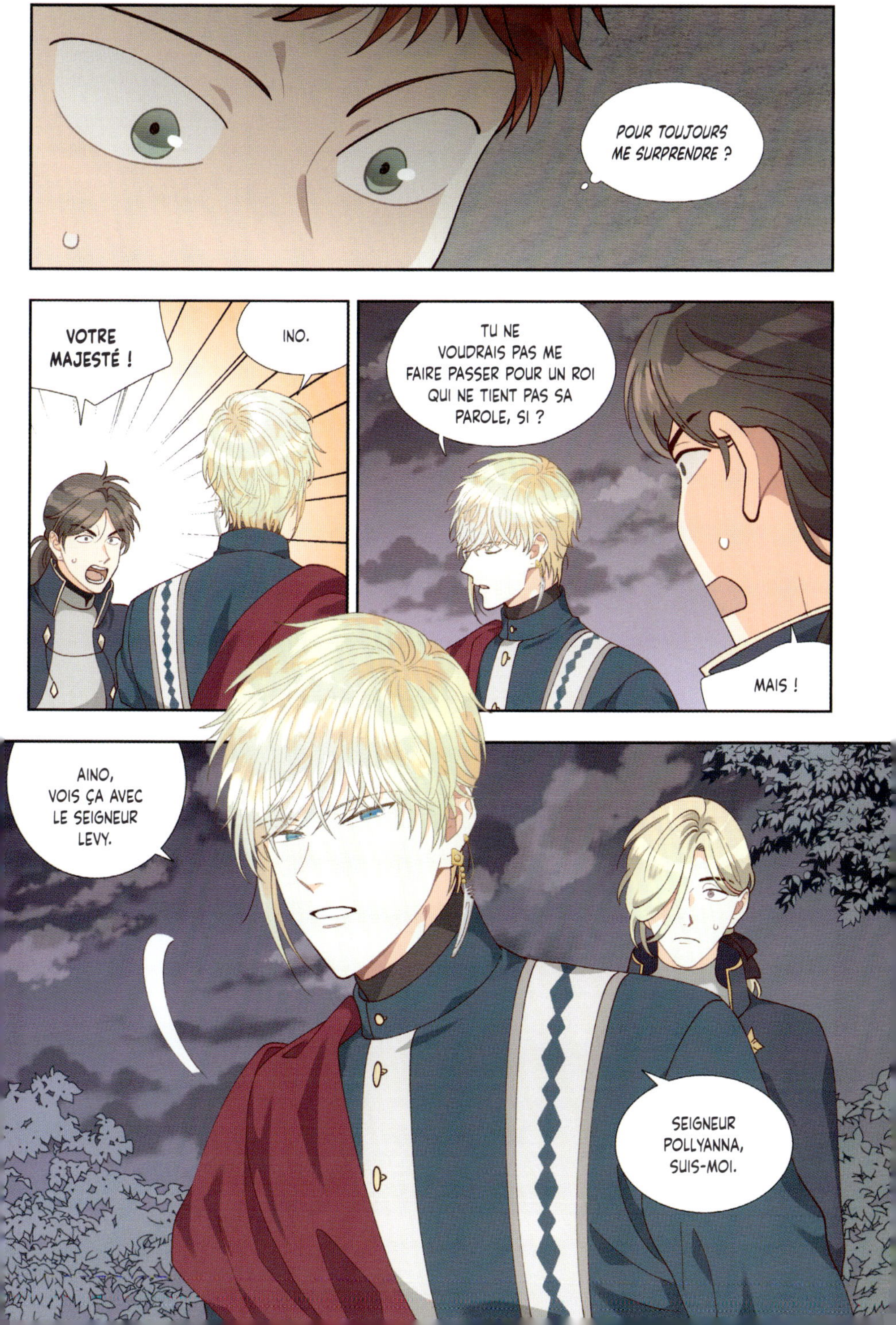
POUR TOUJOURS ME SURPRENDRE ?
VOTRE MAJESTÉ !
INO.
TU NE VOUDRAIS PAS ME FAIRE PASSER POUR UN ROI QUI NE TIENT PAS SA PAROLE, SI ?
MAIS !
AINO, VOIS ÇA AVEC LE SEIGNEUR LEVY.
SEIGNEUR POLLYANNA, SUIS-MOI.

OUI, VOTRE MAJESTÉ !
EST-CE QUE ÇA LUI CONVIENT VRAIMENT ?
BRA
OUM
SWIP
SA PREMIÈRE MISSION EN TANT QUE CENTURION FUT DE CAPTURER CES SOLDATS.
FAUX
GLOUPS
SA VRAIE PREMIÈRE MISSION FUT DE SERVIR EN TANT QUE CAPITAINE DE LA GARDE.

HAA...
NERVEUSE
JE SUIS DÉSOLÉ DE TE CONFIER CETTE TÂCHE SI SUBITEMENT.
JE VOULAIS SOULAGER LE FARDEAU QUI PESAIT SUR INO...
MAIS IL EST SI TÊTU...
CE N'EST PAS UN PROBLÈME, VOTRE MAJESTÉ.
IL SEMBLE QU'IL NE T'APPRÉCIE TOUJOURS PAS...
CE SERA POUR VOUS DEUX UNE BONNE OCCASION DE VOUS RAPPROCHER.
JE VOIS.
JE FERAI DE MON MIEUX, VOTRE MAJESTÉ.

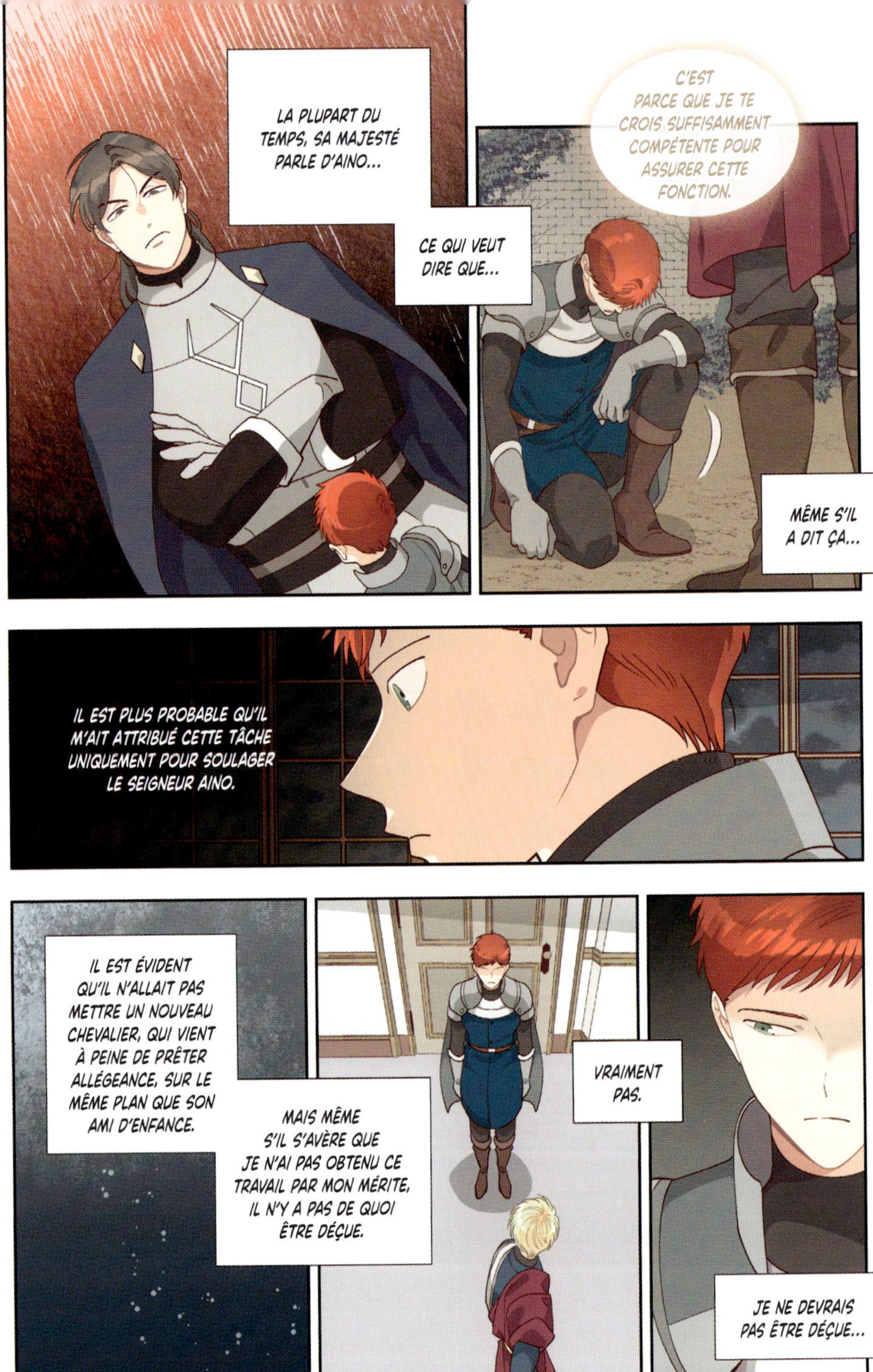
LA PLUPART DU TEMPS, SA MAJESTÉ PARLE D'AINO...
CE QUI VEUT DIRE QUE...
C'EST PARCE QUE JE TE CROIS SUFFISAMMENT COMPÉTENTE POUR ASSURER CETTE FONCTION.
MÊME S'IL A DIT ÇA...
IL EST PLUS PROBABLE QU'IL M'AIT ATTRIBUÉ CETTE TÂCHE UNIQUEMENT POUR SOULAGER LE SEIGNEUR AINO.
IL EST ÉVIDENT QU'IL N'ALLAIT PAS METTRE UN NOUVEAU CHEVALIER, QUI VIENT À PEINE DE PRÊTER ALLÉGEANCE, SUR LE MÊME PLAN QUE SON AMI D'ENFANCE.
MAIS MÊME S'IL S'AVÈRE QUE JE N'AI PAS OBTENU CE TRAVAIL PAR MON MÉRITE, IL N'Y A PAS DE QUOI ÊTRE DÉÇUE.
VRAIMENT PAS.
JE NE DEVRAIS PAS ÊTRE DÉÇUE...

TU ES
DÉÇUE ?
NON, COMMENT
POURRAIS-JE ?!
AAH !
C'EST UN
IMMENSE HONNEUR
QUE SA MAJESTÉ M'AIT
OFFERT CETTE BELLE
OPPORTUNITÉ !
TRÈS BIEN.
DZANG
JE FERAI
DE MON MIEUX
POUR VOUS SERVIR
VOTRE MAJESTÉ, POUR
QUE LE SEIGNEUR AINO
N'AIT À S'INQUIÉTER
DE RIEN.
NE SOIS PAS SI NERVEUSE.
ON POURRAIT ÊTRE ÉTONNÉ
PAR TES CAPACITÉS.
IL SERAIT
CONVENABLE DE PRENDRE
UN VERRE AVEC TOI, POUR
T'ENCOURAGER...
MAIS IL Y A
PEU DE CHANCE
POUR QUE CELA
ARRIVE.
OH...

C'EST ÉVIDENT. SI SA MAJESTÉ PRENAIT UN VERRE AVEC UNE FEMME, MÊME CHEVALIER, ET AUTREFOIS ENNEMIE, CELA NUIRAIT À SA RÉPUTA...
JE NE PEUX PAS TOLÉRER VOTRE PROBLÈME D'ALCOOL.
VOUS AVEZ... ASSISTÉ À TOUTE LA SOIRÉE D'INTÉGRATION, VOTRE MAJESTÉ ?
BIEN SÛR.
JE N'AI RIEN BU, ET J'AI TOUT VU.
JE T'AI VU BOIRE, VOMIR, BOIRE, VOMIR... ENCORE ET ENCORE...
FOOP
FOOP
IL N'Y A PAS BESOIN D'ÊTRE MÉDECIN POUR VOIR QUE L'ALCOOL AGIT SUR TOI COMME UN POISON, SEIGNEUR POL.
VOMIR...
ET BOIRE...

SOUVENIRS QUI REFONT SURFACE.
BLEURGH
GLOU GLOU
TU AS UN SACRÉ PENCHANT POUR LA BOUTEILLE.
VOUS AVEZ ÉTÉ GÉNIALE !
JE ME SUIS BIEN AMUSÉ HIER, SEIGNEUR POL !
JE M'INQUIÈTE POUR TA SANTÉ. PEUT-ÊTRE QUE NOUS POURRIONS REPRENDRE UN VERRE UNE FOIS QUE VOUS AUREZ RÉGLÉ CE PROBLÈME.
...

COMMENT AI-JE PU AGIR AVEC TANT D'INDÉCENCE...
DEVANT SA MAJESTÉ ?

AAAAAAAAAAAAAAAHHHHHHHHH !!!
CRI SILENCIEUX

AAAAHHH !
GAAH...
...
BRRR

TAP
TAP
TAP
TAP
TAP
TAP
TAP
TAP
HÉ, TOI !
GRRR
SEIGNEUR AINO ?

SUIS-MOI ! C'EST L'HEURE DE TON ENTRAÎNEMENT SPÉCIAL !
NE VENEZ-VOUS PAS DE TERMINER L'ENTRAÎNEMENT DU MATIN ? VOUS DEVRIEZ VOUS REPOSER, MONSIEUR.
JE NE PEUX PAS LAISSER UNE IMBÉCILE ASSISTER SA MAJESTÉ !
JE NE SUIS PAS SÛRE QUE SA MAJESTÉ VOUDRAIT QUE VOUS VOUS SURMENIEZ, SEIGNEUR AINO.
TU RÉPONDS, HEIN ?
ATTENDS...
FWIP
?

TOI...
QU'Y A-T-IL ?
QUAND AS-TU PRIS UN BAIN POUR LA DERNIÈRE FOIS ?
IL Y A UNE SEMAINE, MONSIEUR.
OOOH
FWOO
SEIGNEUR AINO ?!
TCHAC

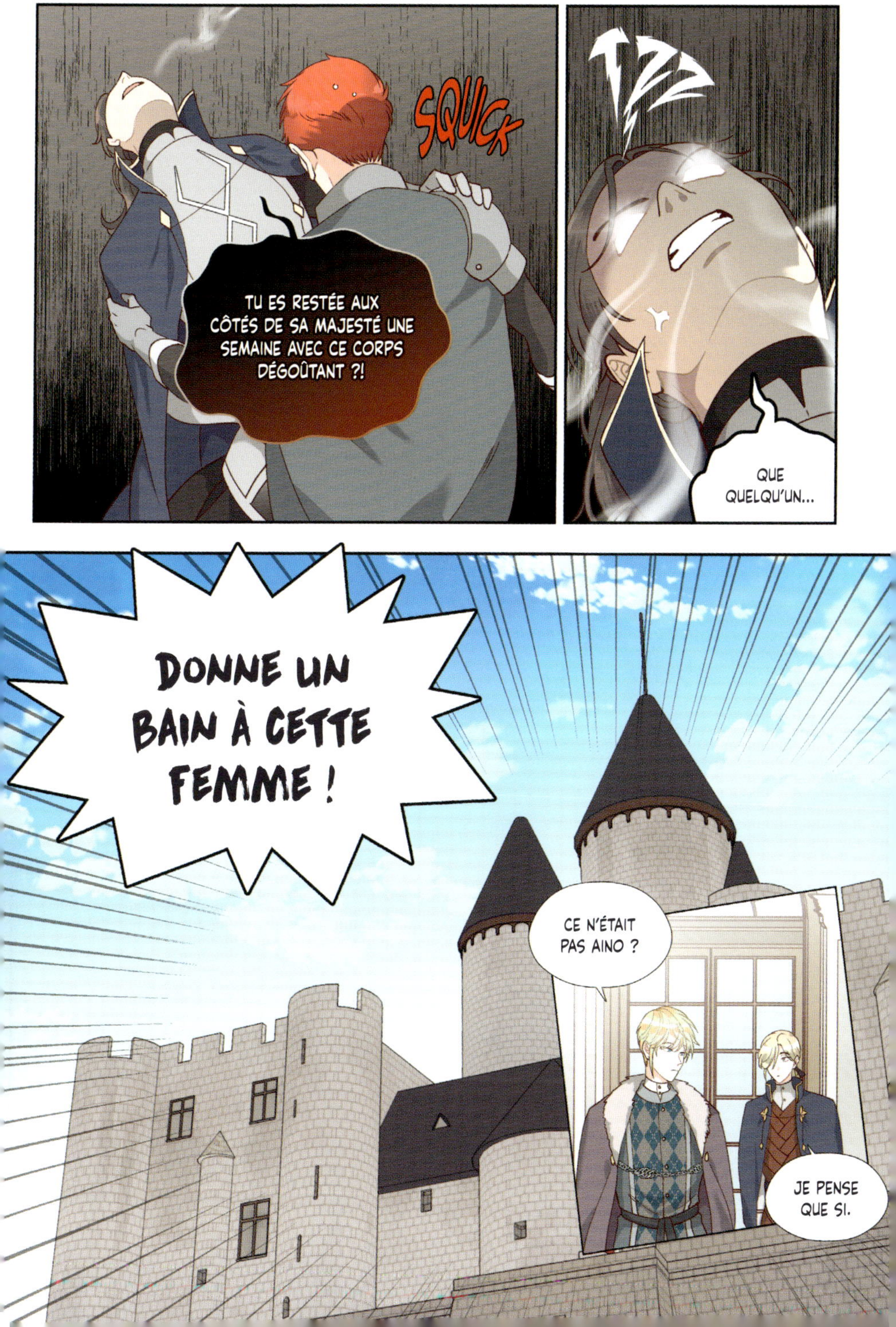
SQUICK
TU ES RESTÉE AUX CÔTÉS DE SA MAJESTÉ UNE SEMAINE AVEC CE CORPS DÉGOÛTANT ?!
TZZ
QUE QUELQU'UN...
DONNE UN BAIN À CETTE FEMME !
CE N'ÉTAIT PAS AINO ?
JE PENSE QUE SI.

L'armure et la couronne

BIENVENUE !
NOUS AVONS DÉJÀ PRÉPARÉ L'EAU POUR VOTRE BAIN !
JE PEUX LE FAIRE MOI-MÊME.
TCHAC
LE FAIRE TOI-MÊME ? VENANT D'UN CHEVALIER QUI PASSE UNE SEMAINE SANS SE LAVER ?!
SPLOSH

JE NE PENSAIS PAS VOUS VOIR ICI, SEIGNEUR POLLYANNA !
OUI, JE N'IMAGINAIS PAS POUVOIR RENCONTRER EN PERSONNE LE FAMEUX SEIGNEUR POL !
FRSH
FRSH
EN MÊME TEMPS, ON NE VOIT PAS SOUVENT DE FEMME CHEVALIER.
FRT
FRT
FRSH
J'ÉTAIS CURIEUSE.
FRT
FRT
QUAND VOUS ÊTES ENTRÉE, JE PENSAIS QUE VOUS ÉTIEZ UN HOMME.
JE CROYAIS QUE LE CHEVALIER DES RUMEURS SERAIT MAGNIFIQUE, VU QUE SA MAJESTÉ EST SI SÉDUISANT !
HÉ ! CE N'EST PAS TOUS LES JOURS QU'ON CROISE QUELQU'UN D'AUSSI BEAU QUE SA MAJESTÉ !
FRSH FRSH FRT FRSH FRT FRT FRT FRSH FRSH
ARRÊTEZ !
SPLASH
VOUS ALLEZ FINIR PAR ME PELER LA PEAU !
ALLEZ-Y DOUCEMENT !
MAIS...
HMM...
SPLOTCH

OOOH
C'EST LE SEIGNEUR AINO QUI NOUS A ORDONNÉ DE LE FAIRE !
TCHAC
C'EST VRAI ! ON VA S'ASSURER QUE VOUS SOYEZ SUPER PROPRE !
ÇA FAIT MAL !
SPLASH
NE BOUGEZ PAS ! JE PARIE QUE LES LÉZARDS ONT LA PEAU PLUS DOUCE QUE ÇA !
FRSH
FRT
FRT
TIENS-LA BIEN !!
BIEN.
NOUS ALLONS LAVER VOS VÊTEMENTS, AVANT DE VOUS LES RENDRE.
VOUS POUVEZ Y ALLER, SEIGNEUR.
REPOSEZ-VOUS.

ELLES M'ONT PRESQUE DÉPECÉE...
FRSCH
JE N'AURAIS JAMAIS PENSÉ PRENDRE UN BAIN AUSSI LONG...
FWISH
FWISH
SEIGNEUR LEVY !
COMMENT S'EST PASSÉ L'ENTRAÎNEMENT, CET APRÈS-MIDI ?
BLING
QUI EST-CE ?
...
J'ÉTAIS SALE À CE POINT ?
JE PENSAIS QUE ÇA ALLAIT.
JE PLAISANTAIS.
VOUS ÊTES PLUTÔT PROPRE, SEIGNEUR POL.
VOUS VOUS BROSSEZ LES DENTS CINQ FOIS PAR JOUR, C'EST ÇA ?
ÇA M'A SURPRIS DE VOUS VOIR DANS DE SIMPLES HABITS, VOILÀ TOUT.
HUFF HUFF
OH ARRÊTE, SALE PETIT...
SLURP SLURP SLURP

SEIGNEUR LEVY...
NE DEVRIEZ-VOUS PAS PRENDRE UN BAIN, APRÈS TOUT CET ENTRAÎNEMENT, AUJOURD'HUI ?
HEIN ?
MON DERNIER BAIN A PLUS DE DEUX SEMAINES. ÇA COMPTE, NON ?
DOUM
ALLEZ !
VA CHERCHER !
WOUUSH
DONC...
JE SUPPOSE QUE C'EST MOI QUI SUIS PROPRE.

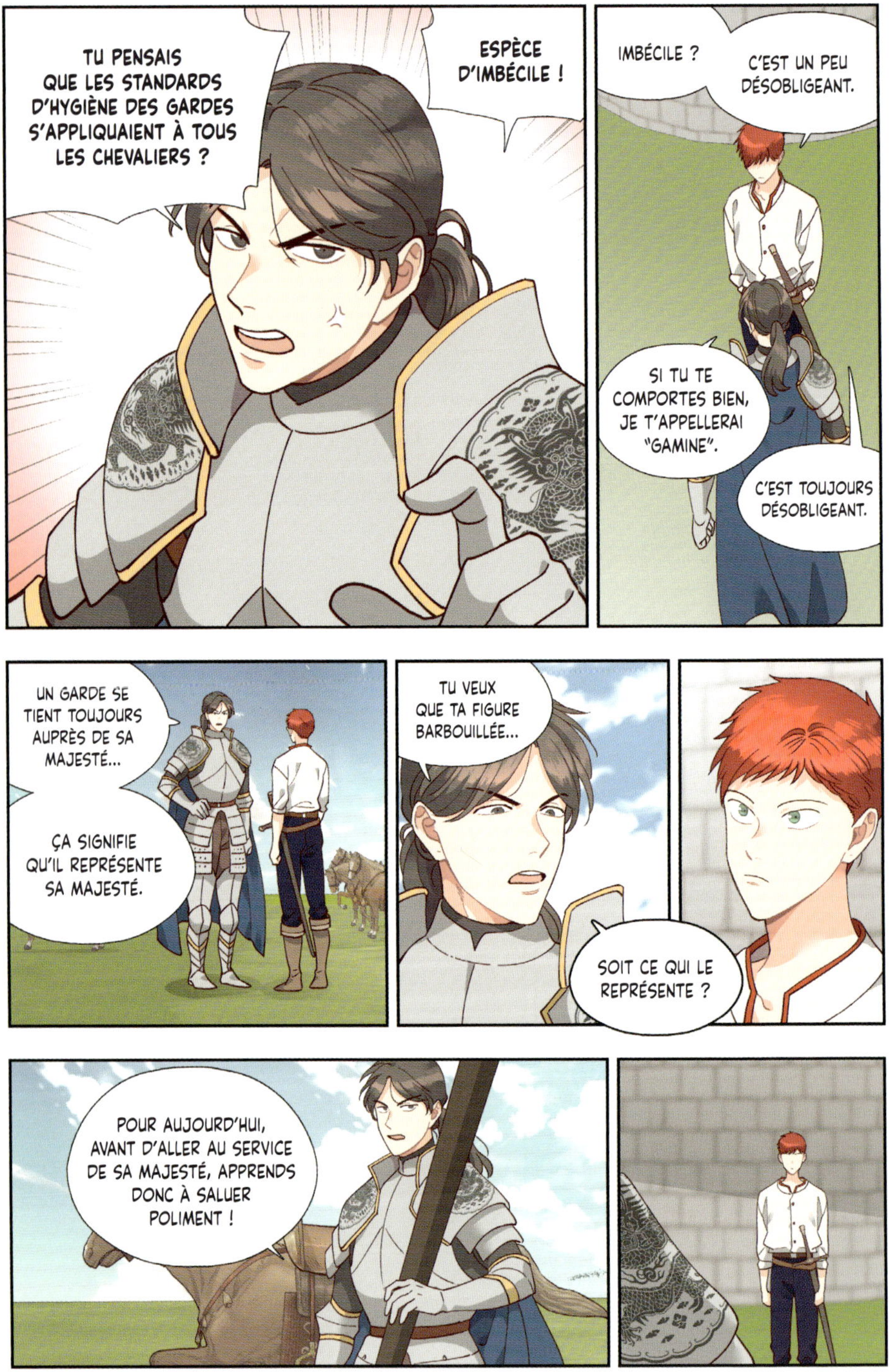
TU PENSAIS QUE LES STANDARDS D'HYGIÈNE DES GARDES S'APPLIQUAIENT À TOUS LES CHEVALIERS ?
ESPÈCE D'IMBÉCILE !
IMBÉCILE ?
C'EST UN PEU DÉSOBLIGEANT.
SI TU TE COMPORTES BIEN, JE T'APPELLERAI "GAMINE".
C'EST TOUJOURS DÉSOBLIGEANT.
UN GARDE SE TIENT TOUJOURS AUPRÈS DE SA MAJESTÉ...
ÇA SIGNIFIE QU'IL REPRÉSENTE SA MAJESTÉ.
TU VEUX QUE TA FIGURE BARBOUILLÉE...
SOIT CE QUI LE REPRÉSENTE ?
POUR AUJOURD'HUI, AVANT D'ALLER AU SERVICE DE SA MAJESTÉ, APPRENDS DONC À SALUER POLIMENT !

POLLYANNA WINTER, À VOTRE SERVICE, VOTRE MAJESTÉ.

J'AI ENTENDU DIRE QU'INO T'AVAIT PRISE POUR DU LINGE SALE ?
S'IL VOUS PLAÎT, VOTRE MAJESTÉ, PARDONNEZ-MOI D'AVOIR ÉTÉ IRRESPECTUEUSE, HIER.
TOUT VA BIEN.
PAS DE PROBLÈME. CELA NE M'A PAS DU TOUT GÊNÉ.
JE M'EXCUSE, VOTRE MAJESTÉ.
POUR LES CHEVALIERS QUI NE FONT PAS PARTIE DE LA GARDE, C'EST AUTRE CHOSE.
ET À PROPOS D'INO...
EH BIEN, AUSSI TALENTUEUX SOIT-IL...
IL A TENDANCE À CROIRE QUE TOUT LE MONDE DEVRAIT SE PLIER À SES NORMES.

NE LUI EN VEUX PAS. C'EST UN TRAVAILLEUR ACHARNÉ, MAIS D'UNE AUTRE FAÇON QUE TOI OU MOI.
IL EST DOUÉ.
IL ATTEINDRA FACILEMENT, APRÈS SEULEMENT QUELQUES ESSAIS, DES OBJECTIFS HORS DE PORTÉE DE BEAUCOUP D'AUTRES...
JE NE LUI EN VEUX PAS.
AU CONTRAIRE, JE SUIS ENVIEUSE.
TATATAA
JE L'ENVIE...
TELLEMENT...

TU VEUX QUE TA FIGURE BARBOUILLÉE REPRÉSENTE SA MAJESTÉ ?
À TEL POINT QUE...
CATACLOP
CATACLOP
CLING
EN GARDE

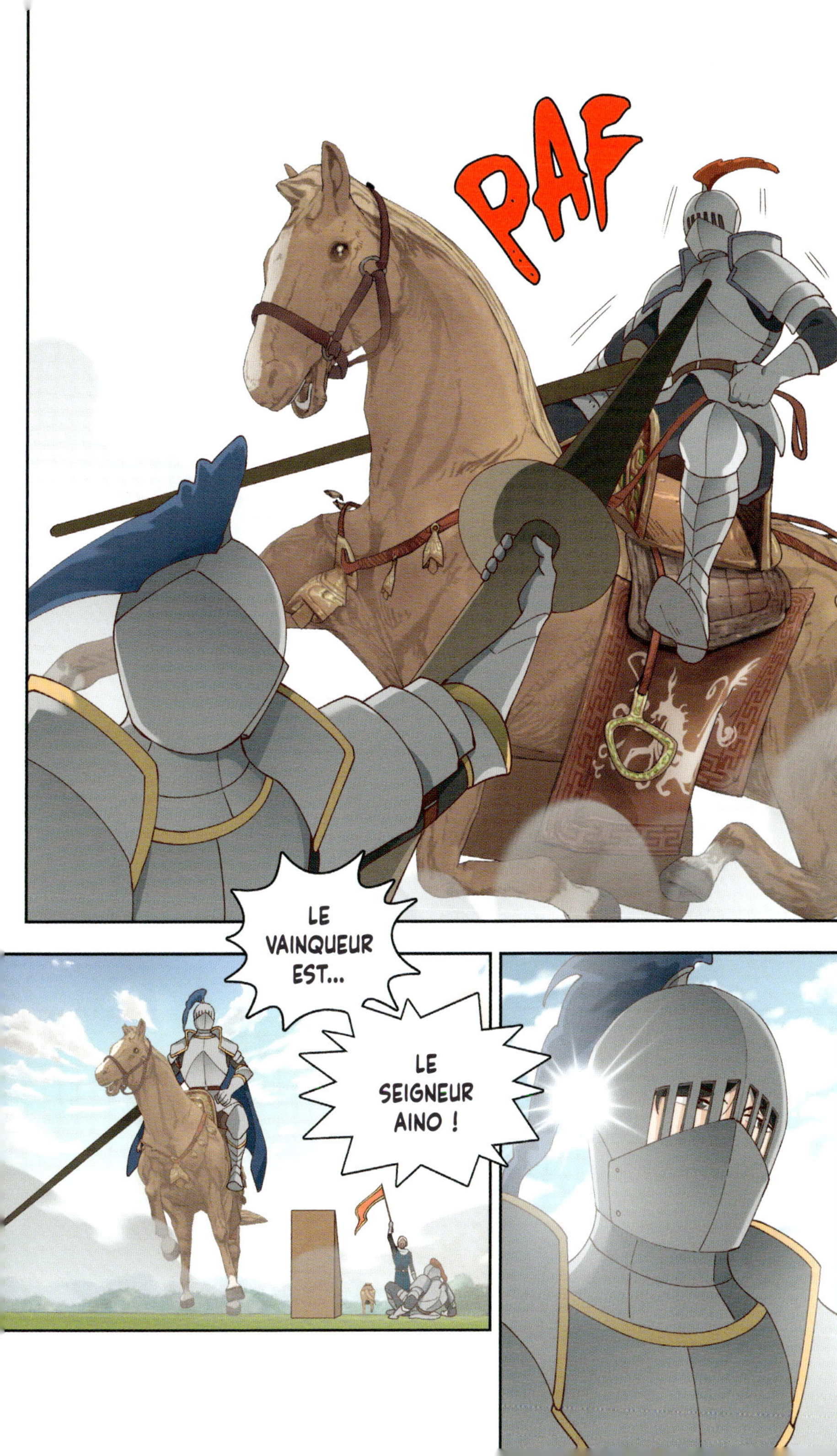
PAF
LE VAINQUEUR EST...
LE SEIGNEUR AINO !

JE LE HAIS.
JE NE POURRAIS PAS ÊTRE PLUS D'ACCORD.
CE TALENT...
CETTE PERFECTION, CETTE FORCE...
WAAAAH !

MÈNERONT LE ROI…
OUUAAIS !
À LA VICTOIRE.
WOUHOU !
WAAAAH !
LE TOURNOI COMMENCE.

L'armure et la couronne

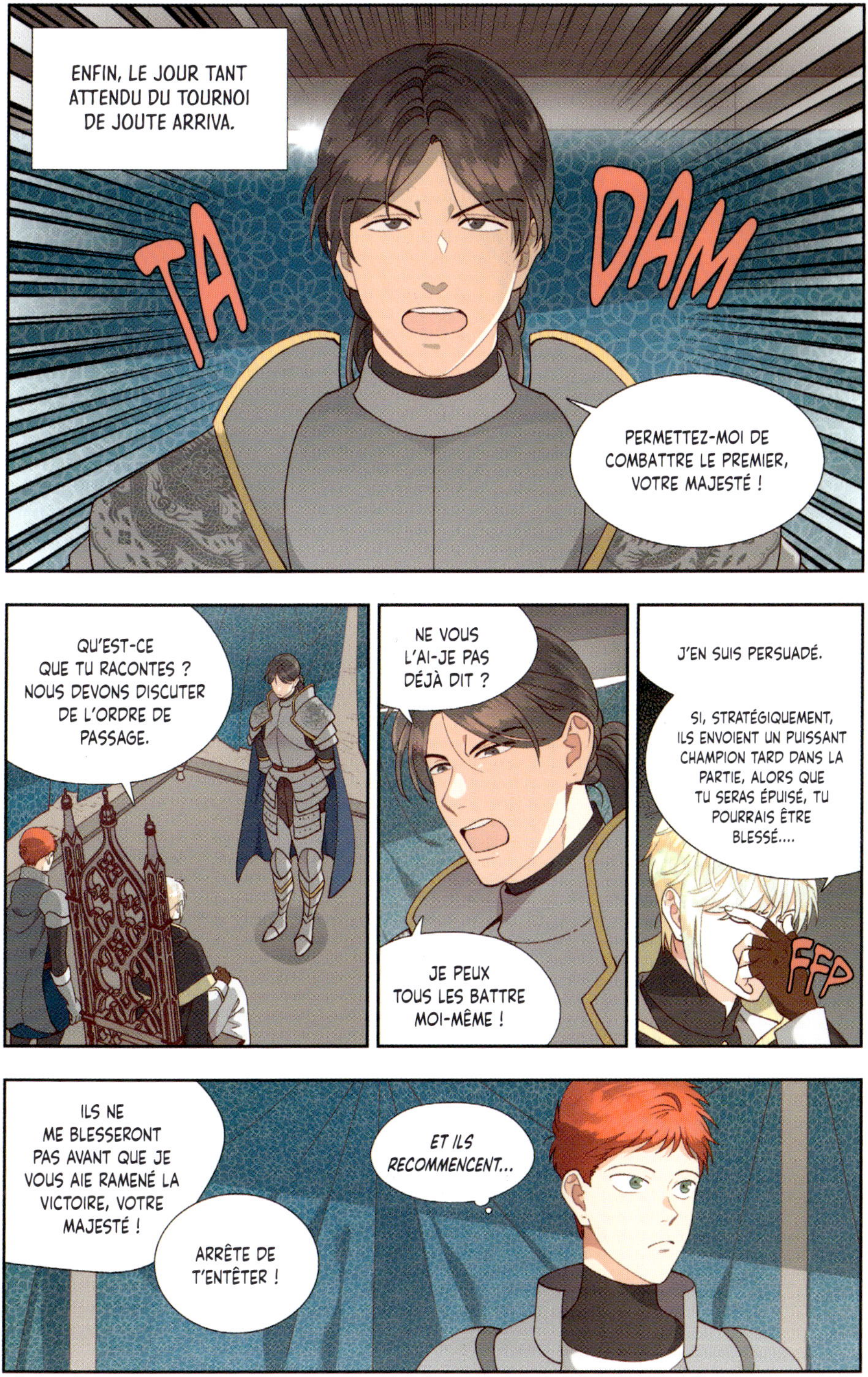
ENFIN, LE JOUR TANT ATTENDU DU TOURNOI DE JOUTE ARRIVA.
TA DAM
PERMETTEZ-MOI DE COMBATTRE LE PREMIER, VOTRE MAJESTÉ !
QU'EST-CE QUE TU RACONTES ? NOUS DEVONS DISCUTER DE L'ORDRE DE PASSAGE.
NE VOUS L'AI-JE PAS DÉJÀ DIT ?
JE PEUX TOUS LES BATTRE MOI-MÊME !
J'EN SUIS PERSUADÉ.
SI, STRATÉGIQUEMENT, ILS ENVOIENT UN PUISSANT CHAMPION TARD DANS LA PARTIE, ALORS QUE TU SERAS ÉPUISÉ, TU POURRAIS ÊTRE BLESSÉ....
FFP
ILS NE ME BLESSERONT PAS AVANT QUE JE VOUS AIE RAMENÉ LA VICTOIRE, VOTRE MAJESTÉ !
ARRÊTE DE T'ENTÊTER !
ET ILS RECOMMENCENT...

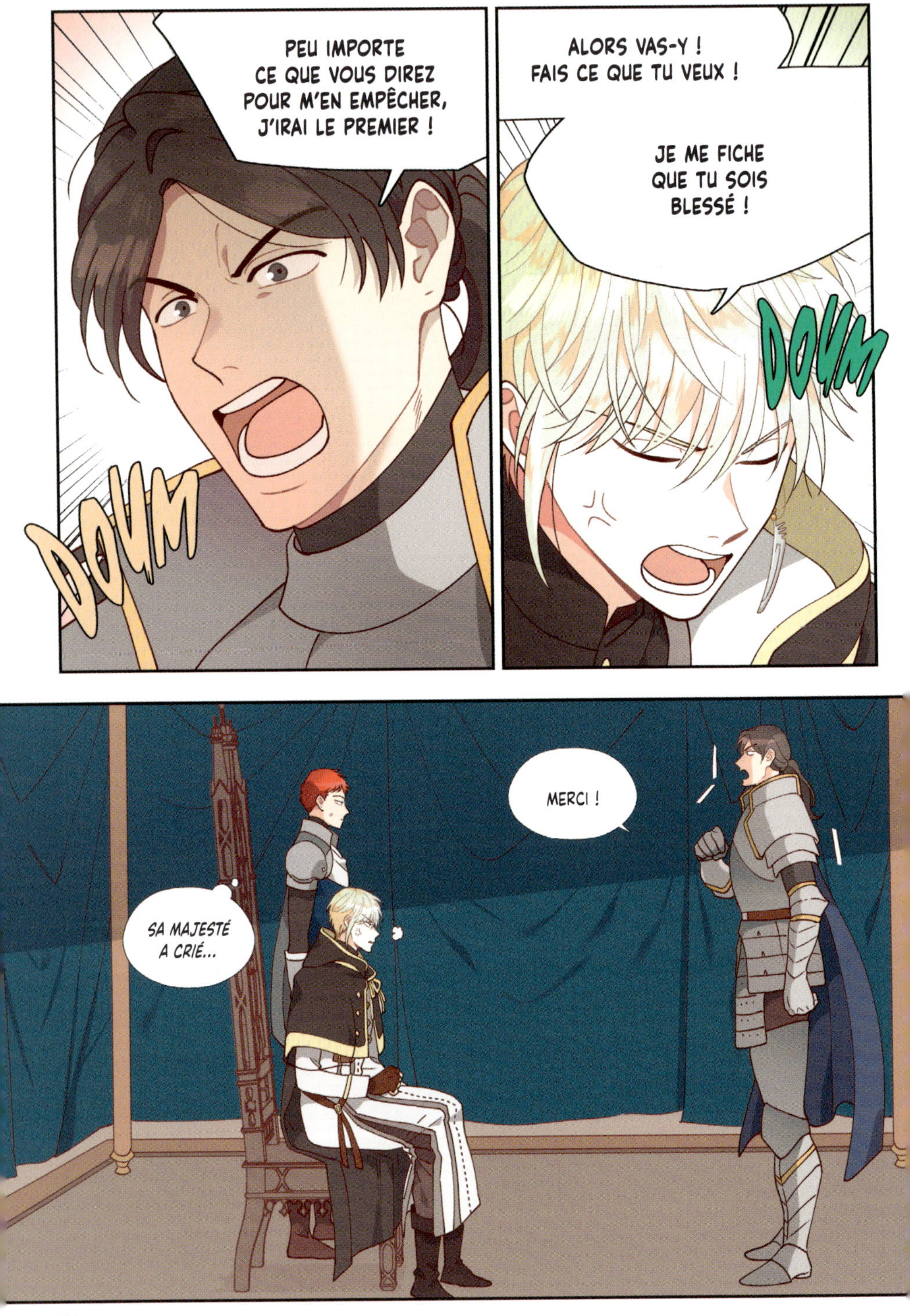
PEU IMPORTE CE QUE VOUS DIREZ POUR M'EN EMPÊCHER, J'IRAI LE PREMIER !
DOUM
ALORS VAS-Y ! FAIS CE QUE TU VEUX !
JE ME FICHE QUE TU SOIS BLESSÉ !
DOUM
MERCI !
SA MAJESTÉ A CRIÉ...

LE PREMIER CONCURRENT D'ACREA...
AINO SEKI !
OUAAAAAAH
LE PREMIER CONCURRENT DE BIKPA...
ZYRKE PONHAM !
OUAAAAAAAAH
OUAAAAAIS

HA HA HA !
ÇA COMMENCE ENFIN !!
CLAP
CLAP
CLAP
LE ROI DE BIKPA, GALLI III…
AVAIT ALORS CONFIANCE EN LA VICTOIRE DE SES HOMMES.

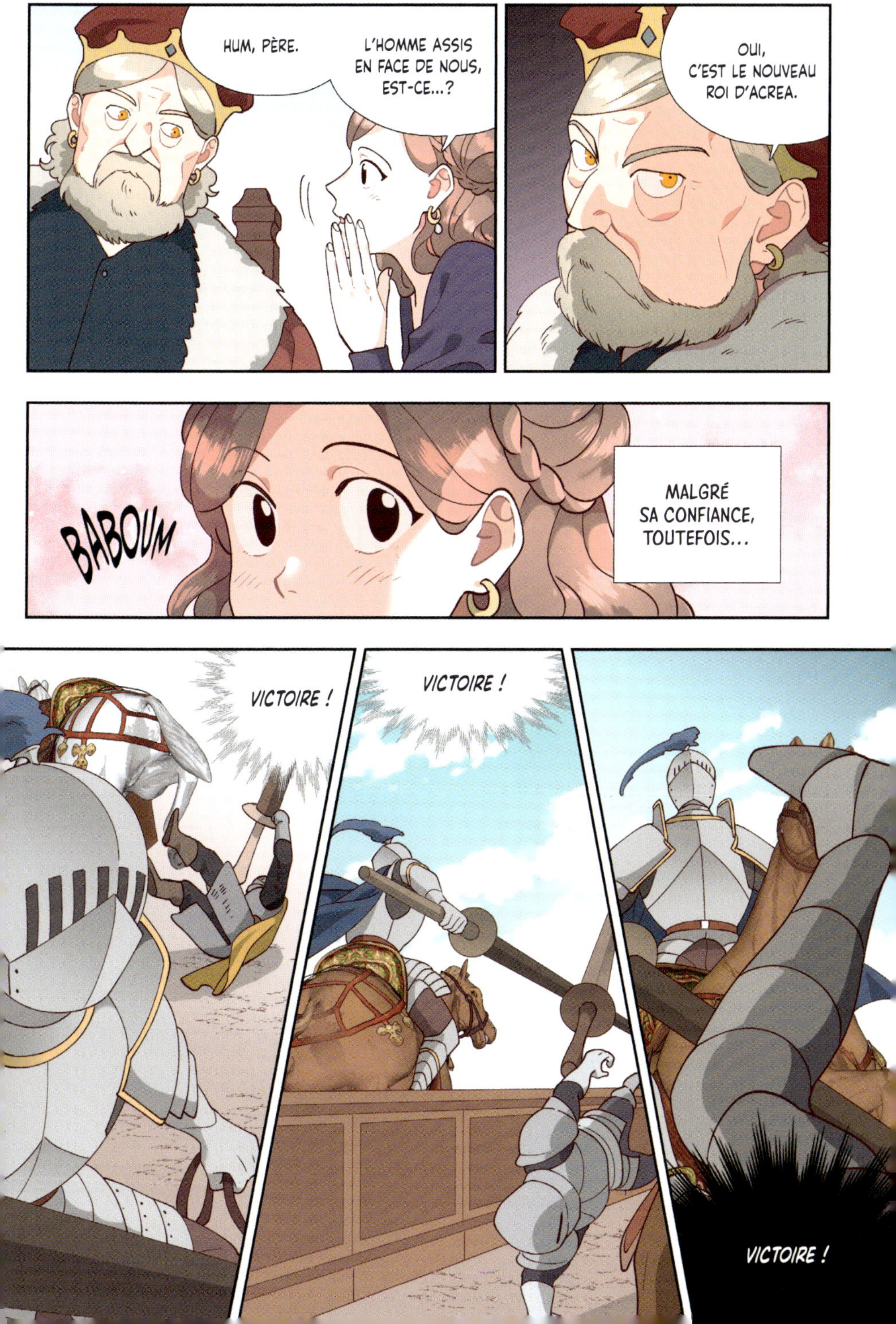
HUM, PÈRE.
L'HOMME ASSIS EN FACE DE NOUS, EST-CE...?
OUI, C'EST LE NOUVEAU ROI D'ACREA.
BABOUM
MALGRÉ SA CONFIANCE, TOUTEFOIS...
VICTOIRE !
VICTOIRE !
VICTOIRE !

OUAAAAAAAH
10 CONTRE 1…
UN SCORE PARFAIT !
VOTRE SERVITEUR, AINO…
PRÉSENTE SA VICTOIRE À VOTRE MAJESTÉ.
LUXOS 1ER, QUI MAUDISSAIT AINO DEPUIS LEUR DISCUSSION À PROPOS DE L'ORDRE DE PASSAGE…
QUEL IDIOT.
EXCELLENT ! MON AMI, MON CHEVALIER !
IL SEMBLAIT PLUS HEUREUX QUE JAMAIS…

TU AS PROUVÉ QUE TU ÉTAIS BEL ET BIEN L'HOMME LE PLUS FORT D'ACREA !
JE TE L'AVAIS DIT, MEC.
J'EN SUIS TRÈS HONORÉ, VOTRE MAJESTÉ !
IDIOT.
DU MOINS, EN APPARENCE.
IMPOSSIBLE !
JE N'AI JAMAIS VU CHOSE PAREILLE DANS UN TOURNOI ! COMMENT EST-CE POSSIBLE ?!
DOUM
QUEL GENRE DE MONSTRE...
PEUT MANIER UNE LANCE DE LA SORTE, À UNE MAIN ?
C'EST IMPOSSIBLE...

UGH
ES-TU LE CHAMPION ? CELUI QUI A GAGNÉ LE TOURNOI DE JOUTE TROIS ANNÉES DE SUITE ?
JE VAIS T'OFFRIR DES RICHESSES QUE N'IMPORTE QUEL CHEVALIER DÉSIRERAIT.
ALORS, POURQUOI NE DEVIENDRAIS-TU PAS UN CHEVALIER DE BIKPA ?
VOTRE PROPOSITION EST TRÈS ALLÉCHANTE, EN EFFET, MAIS...

J'AI DÉJÀ...
UN MAÎTRE À QUI J'AI PRÊTÉ ALLÉGEANCE.
QU'EST-CE...?
PÈRE !
QUE FAIT-IL ICI ?
OUAAAAAAH

TAP
CLING

VEUILLEZ SIGNER VOTRE ACTE DE REDDITION.
BRRR
SCRTCH
DEVANT TOUS LES TÉMOINS PRÉSENTS EN CE LIEU...
JE DÉCLARE PAR LA PRÉSENTE LA REDDITION TOTALE DE BIKPA !
OUAAAAAIIS
OUAAAH

À BIKPA...
UN BANQUET EST ORGANISÉ POUR LE VAINQUEUR, APRÈS LE TOURNOI...
S'IL VOUS PLAÎT...
AUTORISEZ-MOI À PRÉSIDER CE BANQUET UNE DERNIÈRE FOIS EN TANT QUE ROI DE BIKPA...
IL PRÉPARAIT UN BANQUET... IL DEVAIT ÊTRE TELLEMENT SÛR DE SA VICTOIRE.
JE VOUS DONNE MA PERMISSION.
"JE VOUS DONNE MA PERMISSION" ?
CRCH
J'AURAI AU MOINS SA TÊTE !

Chapitre 6

Un festin de vengeance

L'Armure et la Couronne

L'armure et la couronne

CHÂTEAU DE BEBAROU
COMMENT SE PASSE LE TOURNOI ?!
PAF
MONSIEUR, CALMEZ-VOUS, S'IL VOUS PLAÎT.
L'ÉVÈNEMENT SE DÉROULE NON LOIN DU CHÂTEAU DE YAKPA, À BIKPA. IL FAUDRA COMPTER AU MINIMUM TROIS JOURS AVANT QU'UN MESSAGER Y PARVIENNE.
JE LE SAIS TRÈS BIEN. JE SUIS SIMPLEMENT INQUIET POUR LA SÉCURITÉ DE SA MAJESTÉ !

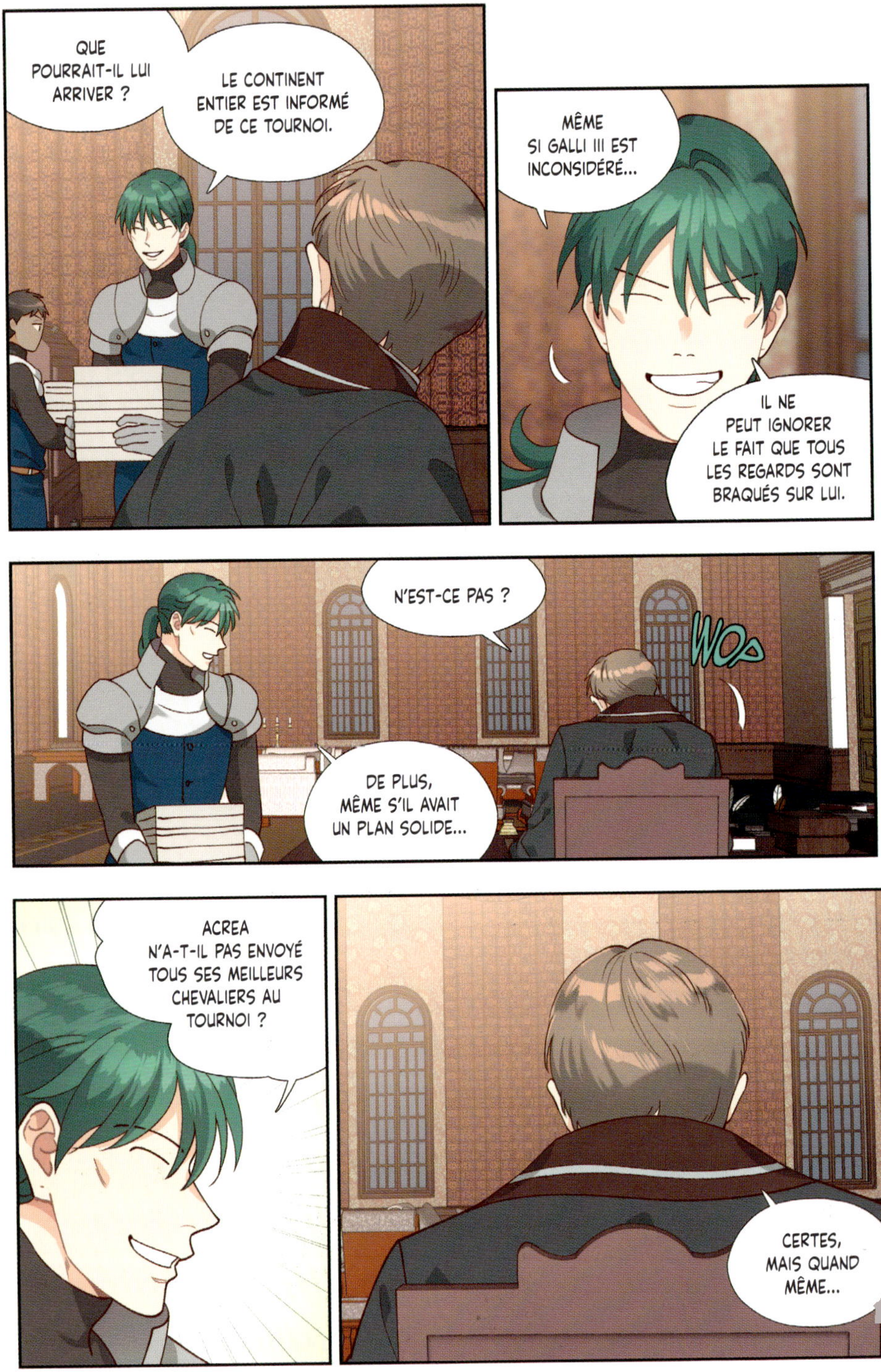
QUE POURRAIT-IL LUI ARRIVER ?
LE CONTINENT ENTIER EST INFORMÉ DE CE TOURNOI.
MÊME SI GALLI III EST INCONSIDÉRÉ...
IL NE PEUT IGNORER LE FAIT QUE TOUS LES REGARDS SONT BRAQUÉS SUR LUI.
N'EST-CE PAS ?
WOP
DE PLUS, MÊME S'IL AVAIT UN PLAN SOLIDE...
ACREA N'A-T-IL PAS ENVOYÉ TOUS SES MEILLEURS CHEVALIERS AU TOURNOI ?
CERTES, MAIS QUAND MÊME...

JE N'ARRIVE PAS À ME DÉFAIRE DE CE SENTIMENT...
CHÂTEAU DE YAPA, BIKPA
CHAMPIONS, PAR ICI, JE VOUS PRIE.
COMMENT ?
NE RESTONS-NOUS PAS AVEC SA MAJESTÉ ?
GALLI III A PRÉPARÉ UNE SALLE SPÉCIALEMENT POUR LES CHAMPIONS.
VOUS POURREZ REJOINDRE LE BANQUET APRÈS VOUS ÊTRE REPOSÉS.
NUL BESOIN.
JE SUIS LE GARDE DU ROI, JE DOIS Y ALLER.
AH...
INO...
LE SEIGNEUR POLLYANNA TE REMPLACE DANS CETTE TÂCHE. VA, ET REPOSE-TOI.
JE VIENS AVEC VOUS !

TU RECOMMENCES...
J'AI DIT : VA ET REPOSE-TOI.
JE DOIS RESTER À VOS CÔTÉS !
NOUS DEVRIONS Y ALLER, ET NOUS REPOSER.
UMPF !!
NOUS VOUS VERRONS POUR LE BANQUET, VOTRE MAJESTÉ.
MMF!
FFP
MMMMFFFFF !!
PPPMMMFFF !!
!!
FFRT

CLAC

EN EFFET.
COMME ON POUVAIT S'Y ATTENDRE D'UN HOMME EXTRAVAGANT, CETTE PIÈCE EST UNE SPLENDIDE CHAMBRE DE RÉCEPTION.
DES CHAMBELLANS VOUS APPORTERONT BIENTÔT VOTRE TENUE POUR LE BANQUET.
TOC
TOC
ENTREZ.
EXCUSEZ-MOI.
CRIII
LA FEMME CHEVALIER DOIT SE RENDRE DANS UNE AUTRE CHAMBRE.
DANS UNE AUTRE CHAMBRE ?
MAIS...
VOULEZ-VOUS AUSSI ÊTRE EMMENÉE DE FORCE COMME INO, SEIGNEUR POL ?
J'Y VAIS.
PAR ICI.
HMM
JE VOUS VERRAI AU BANQUET.

CLING
BLING
...
JE NE PORTERAI PAS ÇA.
MAIS VOUS DEVEZ VOUS HABILLER CONVENABLEMENT, POUR LE BANQUET.
VOUS NE POUVEZ PAS ASSISTER À LA RÉCEPTION AVEC VOS ARMES.
DANS TOUS LES CAS, JE NE PORTERAI SÛREMENT PAS ÇA.
JE SUIS LE GARDE DU ROI.
JE NE PEUX PORTER DE VÊTEMENTS AUSSI ENCOMBRANTS.

MAIS LES CHEVALIERS ARMÉS NE SONT PAS AUTORISÉS DANS LA SALLE DE RÉCEPTION...
C'EST LA RÈGLE.
SI VOUS IGNOREZ LE PROTOCOLE, VOUS NE POURREZ PAS ASSISTER AU BANQUET. JE SUIS DÉSOLÉE.
ALORS DONNEZ-MOI DES HABITS D'HOMME.
PAS QUESTION !
VOUS ÊTES UNE FEMME !
ELLES NE SAVAIENT MÊME PAS SI J'ÉTAIS UN HOMME OU UNE FEMME, AVANT QU'ON LEUR DISE, ET POURTANT ELLES VEULENT M'ENFERMER DANS UNE ROBE.
PERSONNE NE LE REMARQUERAIT, SI JE PORTAIS DES VÊTEMENTS D'HOMMES.

SI ON ME PRENAIT À ME FAUFILER DANS LA SALLE, J'AURAIS DES PROBLÈMES...
D'ACCORD...
TRÈS BIEN.
JE VAIS SUIVRE LES RÈGLES, MAIS SEULEMENT POUR CE QUI EST NÉCESSAIRE.
J'AURAI JUSTE À FAIRE MON TRAVAIL EN ROBE...
CHTING

LE SEIGNEUR POLLYANNA N'EST TOUJOURS PAS PRÊTE ?
C'EST UNE FEMME. ELLE PREND SÛREMENT PLUS DE TEMPS À SE PRÉPARER.
POURQUOI NE PAS ALLER DANS LA SALLE DU BANQUET EN PREMIER, VOTRE MAJESTÉ ?
POUR ÊTRE HONNÊTE, J'AI HÂTE DE VOIR LE SEIGNEUR POL DANS UNE ROBE.
QUI SAIT ? ELLE POURRAIT ÊTRE BELLE, BIEN HABILLÉE.
VOUS ÊTES IMPATIENT VOUS AUSSI, N'EST-CE PAS, VOTRE MAJESTÉ ?
EH BIEN...
PEU IMPORTE CE QU'ELLE PORTE, NE RESTE-T-ELLE PAS LE SEIGNEUR POL ?

ÉTONNAMENT, VOTRE MAJESTÉ N'EST...
VRAIMENT PAS UN ROMANTIQUE...
VOTRE MAJESTÉ !
CLAC
GALLI III VOUS ATTEND. IL SERAIT TEMPS POUR VOUS DE FAIRE VOTRE ENTRÉE.
JE VOIS. ENTENDU.
J'ENTRERAI LE PREMIER.
TAP
À CE MOMENT-LÀ, LUXOS 1ER...
ÉTAIT TELLEMENT EXCITÉ PAR SA VICTOIRE PLUS AISÉE QUE PRÉVU...
BLA
BLA
ET SUBMERGÉ PAR LE FIER SENTIMENT D'ÊTRE ENTRÉ AU CHÂTEAU DE YAPA SANS VERSER LE MOINDRE SANG...

AH, VOUS VOILÀ.
EFFIE.
PRÉSENTE TES RESPECTS AU ROI D'ACREA.
OUI, PÈRE.
QU'IL NE SOUPÇONNAIT PAS...
CE QU'UN HOMME REMPLI DE HAINE S'APPRÊTAIT À FAIRE.

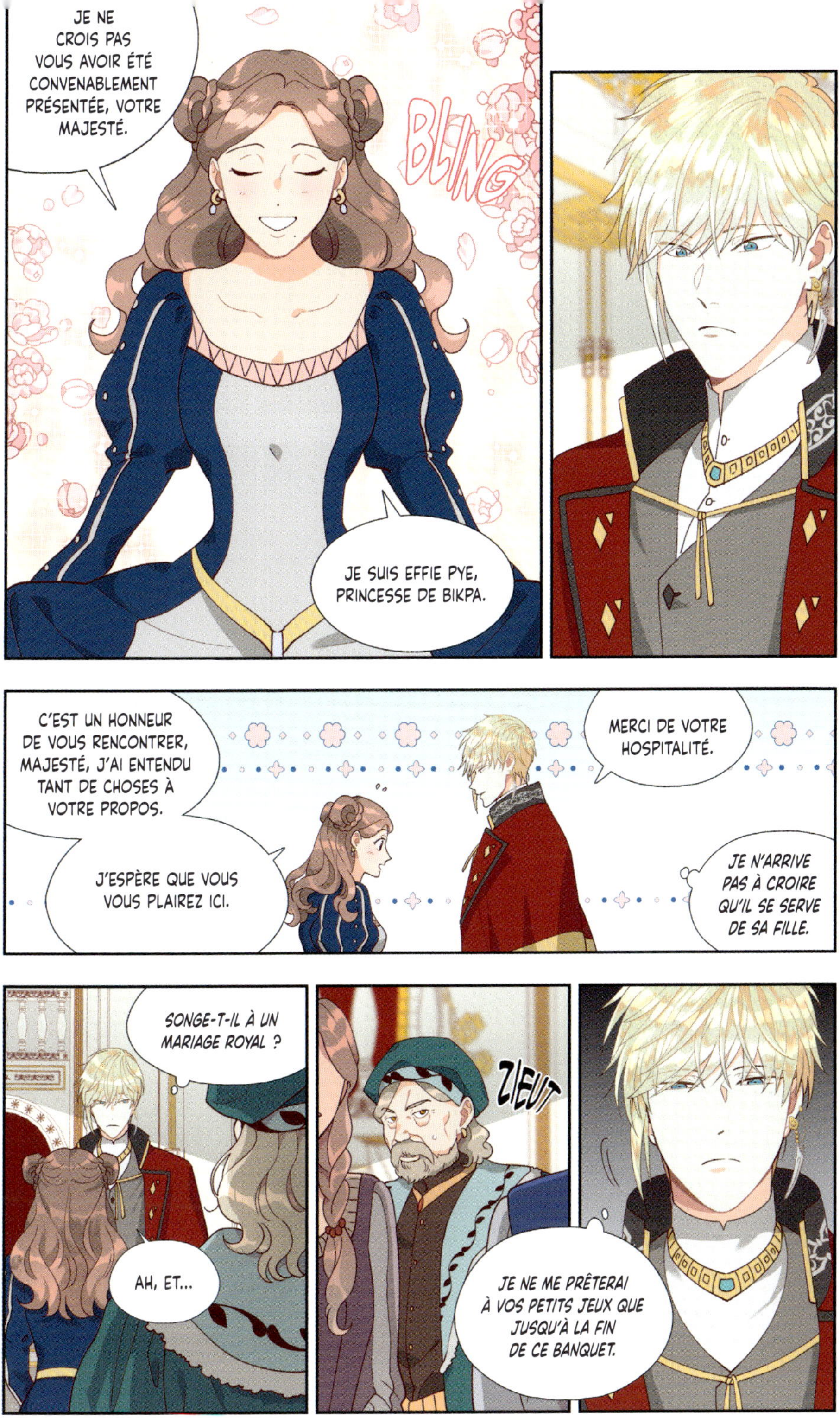
JE NE CROIS PAS VOUS AVOIR ÉTÉ CONVENABLEMENT PRÉSENTÉE, VOTRE MAJESTÉ.
BLING
JE SUIS EFFIE PYE, PRINCESSE DE BIKPA.
C'EST UN HONNEUR DE VOUS RENCONTRER, MAJESTÉ, J'AI ENTENDU TANT DE CHOSES À VOTRE PROPOS.
J'ESPÈRE QUE VOUS VOUS PLAIREZ ICI.
MERCI DE VOTRE HOSPITALITÉ.
JE N'ARRIVE PAS À CROIRE QU'IL SE SERVE DE SA FILLE.
SONGE-T-IL À UN MARIAGE ROYAL ?
AH, ET...
ZIEUT
JE NE ME PRÊTERAI À VOS PETITS JEUX QUE JUSQU'À LA FIN DE CE BANQUET.

SI CELA NE VOUS DÉRANGE PAS, VOUDRIEZ-VOUS...
BLA BLA
À MOINS QUE JE NE TROUVE UN MOYEN D'Y METTRE FIN...
FWISH
FWISH
SCUIC
SCUIC
FWIP
DANSER AVEC...
WOUUSH

TAP
PARDONNEZ MON RETARD.
TOUT VA BIEN.
TU ES RAVISSANTE.
FWIP
M'ACCORDERAIS-TU CETTE D...
GRRR
JE NE DANSE PAS.

SEIGNEUR POL ?
ZIEUT
BLA BLA BLA BLA
JE M'EXCUSE, VOTRE MAJESTÉ.
JE COMPRENDS TRÈS BIEN LA SITUATION, MAIS JE PRÉFÈRERAIS NE PAS DANSER.
FWIP
...
SI C'EST CE QUE VOUS VOULEZ, QU'IL EN SOIT AINSI.
JE VOUS REMERCIE.
FRSH FRSH

PSST
PSST
QU'EST-CE QU'ILS ONT TOUS À ME REGARDER ?
J'AI VRAIMENT L'AIR SI BIZARRE ?
JE NE CROIS PAS QUE CE SOIT À CAUSE DE VOS VÊTEMENTS.
JE SAIS QUE VOUS N'ÊTES PAS À L'AISE AVEC CES CHAUSSURES ET CETTE ROBE, MAIS LA FAÇON DONT VOUS MARCHEZ EST UN PEU...
ÇA ME FAIT PENSER À UN GORILLE QUI AURAIT BESOIN DE FAIRE SES BESOINS.
TU VEUX MOURIR ?
ENFIN, ÇA N'A PAS D'IMPORTANCE.
SPLOSH

C'EST UNE OCCASION RARE, ALORS NE PRÊTEZ PAS ATTENTION AUX REGARD DES AUTRES !
CE GAMIN...
POURQUOI EST-IL SI DOCILE, CES DERNIERS TEMPS ?
PEUT-ÊTRE EST-IL ENFIN EN TRAIN DE GRANDIR.
C'EST DÉJÀ CE QUE JE FAIS...
C'EST TOUT LE TEMPS COMME ÇA.
ALORS, POURQUOI N'AVEZ-VOUS PAS DANSÉ AVEC SA MAJESTÉ ?
GLOU
GLOU
COMMENT AVEZ-VOUS PU REJETER UN SI GRAND HONNEUR ? NE ME DITES PAS QUE VOUS NE SAVEZ PAS DANSER !
JE SAIS DANSER, AUSSI BIEN DANS LE RÔLE DE L'HOMME QUE DE LA FEMME.
C'EST JUSTE QUE JE N'AIME PAS ÇA.
ALORS VOUS N'ALLEZ PAS DANSER AVEC MOI, HEIN ?
BIEN SÛR QUE NON.
FWIP
FWIP
CE N'EST PAS DE L'ALCOOL, HEIN ?

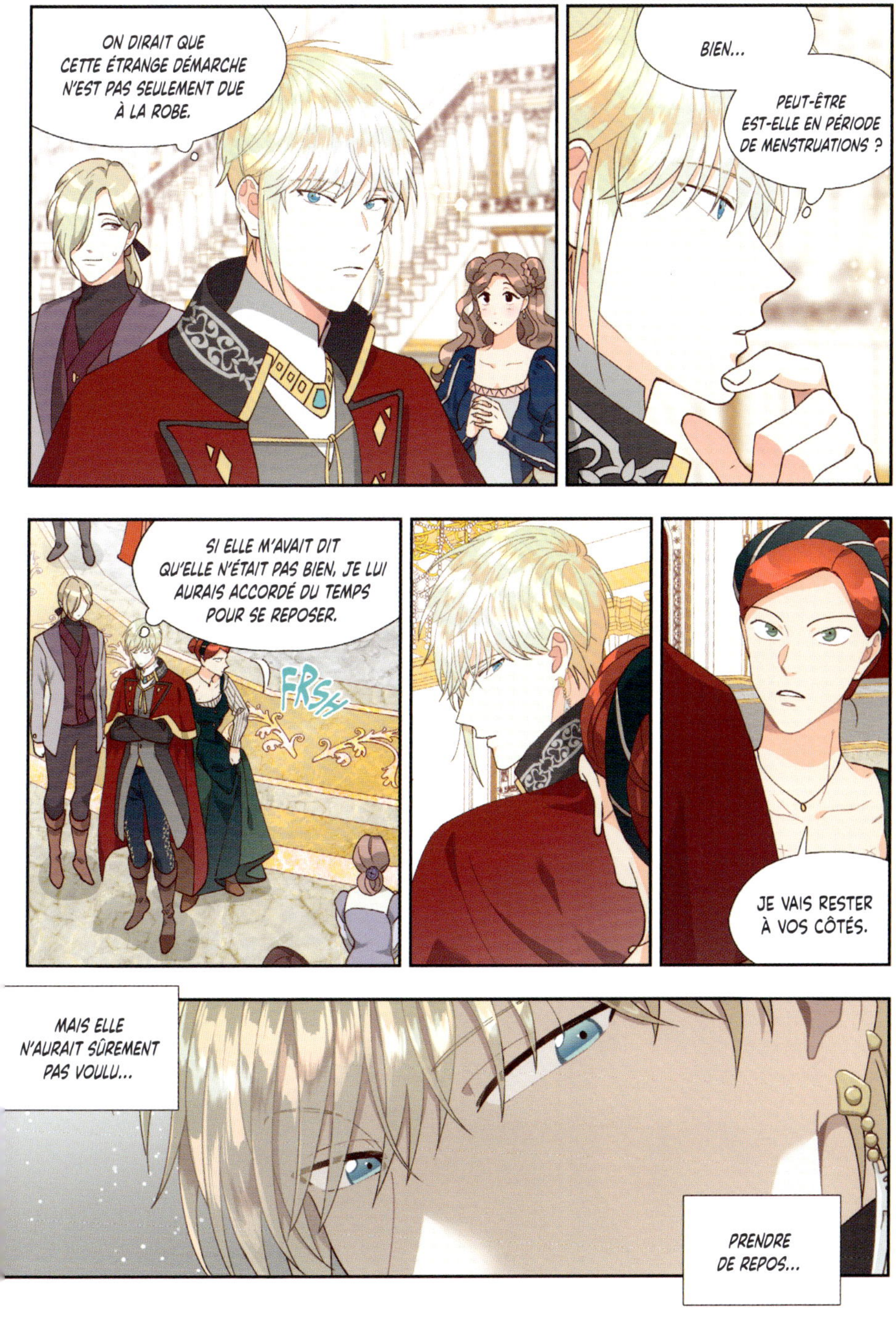
ON DIRAIT QUE CETTE ÉTRANGE DÉMARCHE N'EST PAS SEULEMENT DUE À LA ROBE.
BIEN...
PEUT-ÊTRE EST-ELLE EN PÉRIODE DE MENSTRUATIONS ?
SI ELLE M'AVAIT DIT QU'ELLE N'ÉTAIT PAS BIEN, JE LUI AURAIS ACCORDÉ DU TEMPS POUR SE REPOSER.
FRSH
JE VAIS RESTER À VOS CÔTÉS.
MAIS ELLE N'AURAIT SÛREMENT PAS VOULU...
PRENDRE DE REPOS...

?
...
TAP
POURQUOI N'ES-TU PAS EN TRAIN DE LUI PARLER ?
JE NE L'INTÉRESSE PAS DU TOUT.
TU N'ARRIVES MÊME PAS À ATTIRER L'ATTENTION D'UN HOMME.
QUELLE BONNE À RIEN !
PÈRE ?
IL SEMBLE QUE LES CHAMPIONS DU TOURNOI SE FASSENT ATTENDRE.
QUAND ARRIVERONT-ILS ?

ILS NE...
VIENDRONT JAMAIS !
ENCERCLEZ-LES !!
SHLING
CLING
CLING

AAAAAH!
SHLING
FWOO
FWOO

...
QU'EST-CE QUE CELA SIGNIFIE ?
VOUS ÊTES CERNÉS !
ET VOUS N'AVEZ AUCUNE ARME !
BIKPA EST MON PAYS !
JE NE VOUS LE CÉDERAI JAMAIS !
CELA NE CHANGE RIEN. VOUS AVEZ DÉJÀ SIGNÉ LES PAPIERS DE VOTRE REDDITION.
JE M'EN MOQUE !
JE TUERAI L'ENSEMBLE DES TÉMOINS...
ET JE DÉTRUIRAI CE DOCUMENT !
ORDURE...
ET VOUS VOUS FAISIEZ APPELER ROI.
TIC
FERMEZ-LA !!

CES MOTS ARROGANTS SONT LES DERNIERS QUE VOUS PRONONCEREZ !
FIOU
VOTRE MAJESTÉ !
FWIP
SHLING
AAAARGGGHH !!

VOTRE MAJESTÉ !
PAR ICI !
RESTEZ DERRIÈRE MOI !

L'armure et la couronne

AAAH !
AAAARGH !
VOTRE MAJESTÉ !
ESPÈCE D'ENFOIRÉ !
SHLING
FWIP
CLANG
CLING

SEIGNEUR DIK !
CLAP
SHWOO
YAAAAH
WOOSH
UMPF !
SPLOF
BANG
DING
URGH...
KRFT... ARGH...
TCHAC
PAF
FWIP

SLASH
WAA
AAH
LA PORTE DE LA SALLE DE RÉCEPTION DOIT ÊTRE VERROUILLÉE DE L'EXTÉRIEUR.

NOUS AVONS DES SOLDATS QUI MONTENT LA GARDE, DERRIÈRE.
ENVOYEZ UN SIGNAL PAR LA FENÊTRE.
TCHAC
SCRCH
FWOUF
FAITES UN CERCLE EN L'AIR. TOURNEZ DEUX FOIS, PUIS UNE, PUIS DEUX.
RECOMMENCEZ CINQ FOIS.

BA
NG
CLING
GRRR

CRA
ASH
COMMENT...
AVEZ-VOUS OSÉ NOUS JOUER UN TOUR PAREIL ?!

TUEZ-LES TOUS !

WAAAAAHHH!
PAF
UGH...
TAP

VOUS SAVEZ CE QUE VOUS AVEZ FAIT.
CE QUE J'AI...
FAIT...?
COMMENT OSEZ-VOUS, SALE VERMINE, VOUS FAIRE APPELER ROI ?!
ESPÈCE DE LÂCHE ! TYRAN !
C'EST VOUS QUI AVEZ BRISÉ L'ÉQUILIBRE DE CE CONTINENT ET QUI L'AVEZ PLONGÉ DANS LE CHAOS !
VOUS AVEZ MÉPRISÉ LES COUTUMES DE NOS TERRES, ET CHANGÉ NOS TROIS SAISONS DE PAIX EN D'HORRIBLES GUERRES !

VOUS AVEZ RUINÉ LE CONTINENT ENTIER !
DÉSORMAIS, LES PEUPLES DEVRONT PASSER LEUR VIE ENTIÈRE, ET NON PLUS UNIQUEMENT L'HIVER, À REDOUTER UNE INVASION !
GH...
BAM
LE CONTINENT A ÉTÉ DÉVASTÉ...
PAR CES ROIS QUI ONT NÉGLIGÉ LEUR DEVOIR, ET QUI ONT VÉCU DANS LE CONFORT GRÂCE AUX TAXES ÉCRASANT LEUR PEUPLE, UTILISANT LA GUERRE COMME EXCUSE.
DES ROIS COMME VOUS.

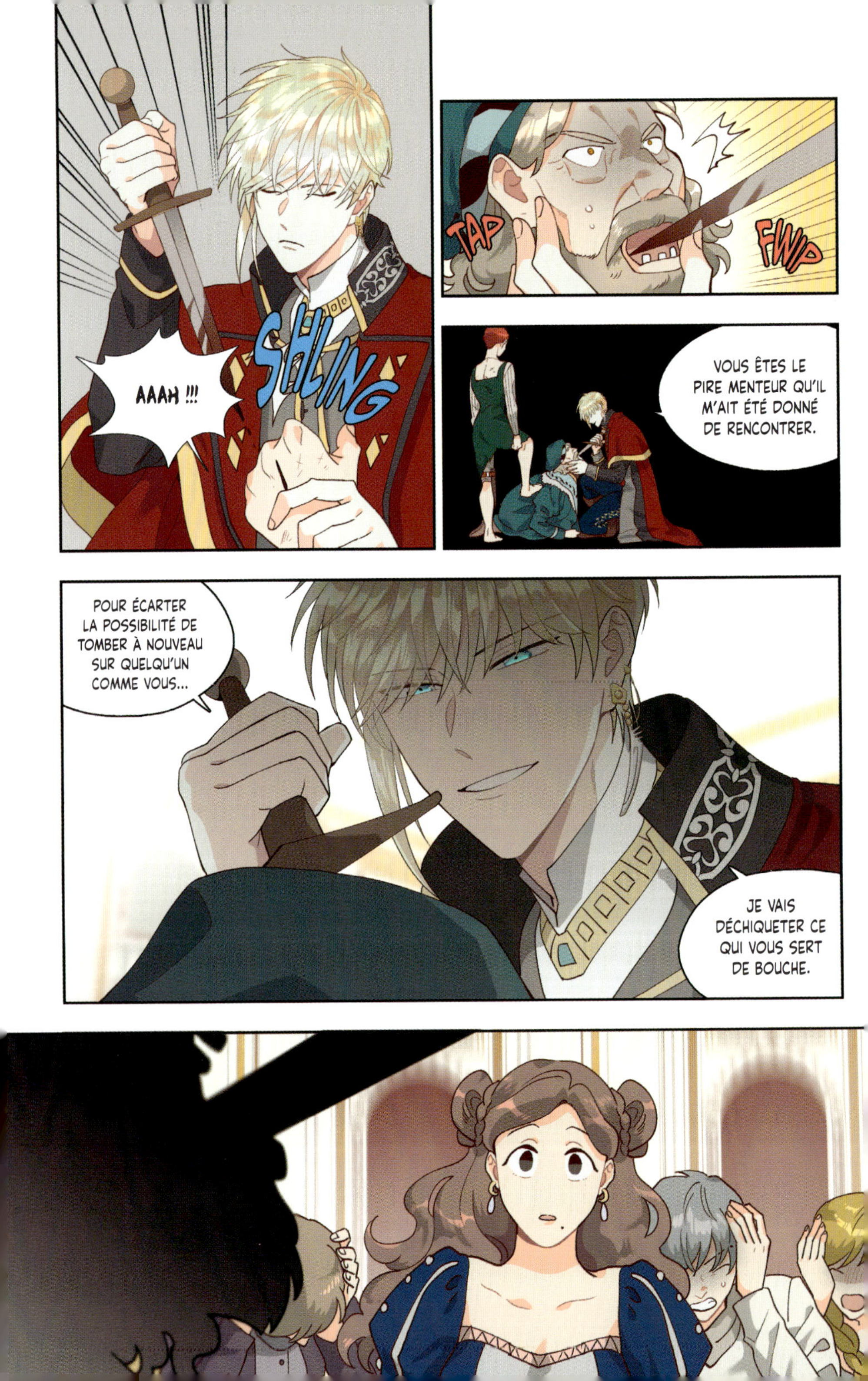
AAAH !!!
SHLING
TAP
FWIP
VOUS ÊTES LE PIRE MENTEUR QU'IL M'AIT ÉTÉ DONNÉ DE RENCONTRER.
POUR ÉCARTER LA POSSIBILITÉ DE TOMBER À NOUVEAU SUR QUELQU'UN COMME VOUS...
JE VAIS DÉCHIQUETER CE QUI VOUS SERT DE BOUCHE.

CLING
UGH!
PRINCESSE.
IL SEMBLERAIT QUE VOUS N'AYEZ PAS EU CONNAISSANCE DE TOUT CELA, ALORS JE VAIS VOUS LAISSER VOUS ÔTER LA VIE VOUS-MÊME.

JE...
JE VOUS EN SUPPLIE, ÉPARGNEZ MA...
VOTRE MAJESTÉ !
KYAAAA !
NON, S'IL VOUS PLAIT !
AAAH !
QUELLE FILLE INUTILE !
JE... MMF...
HNF...
JE NE POURRAI LE FAIRE SEULE... TOUT EST MA FAUTE...
ÇA NE PEUT PAS...
ÊTRE VOTRE FAUTE.

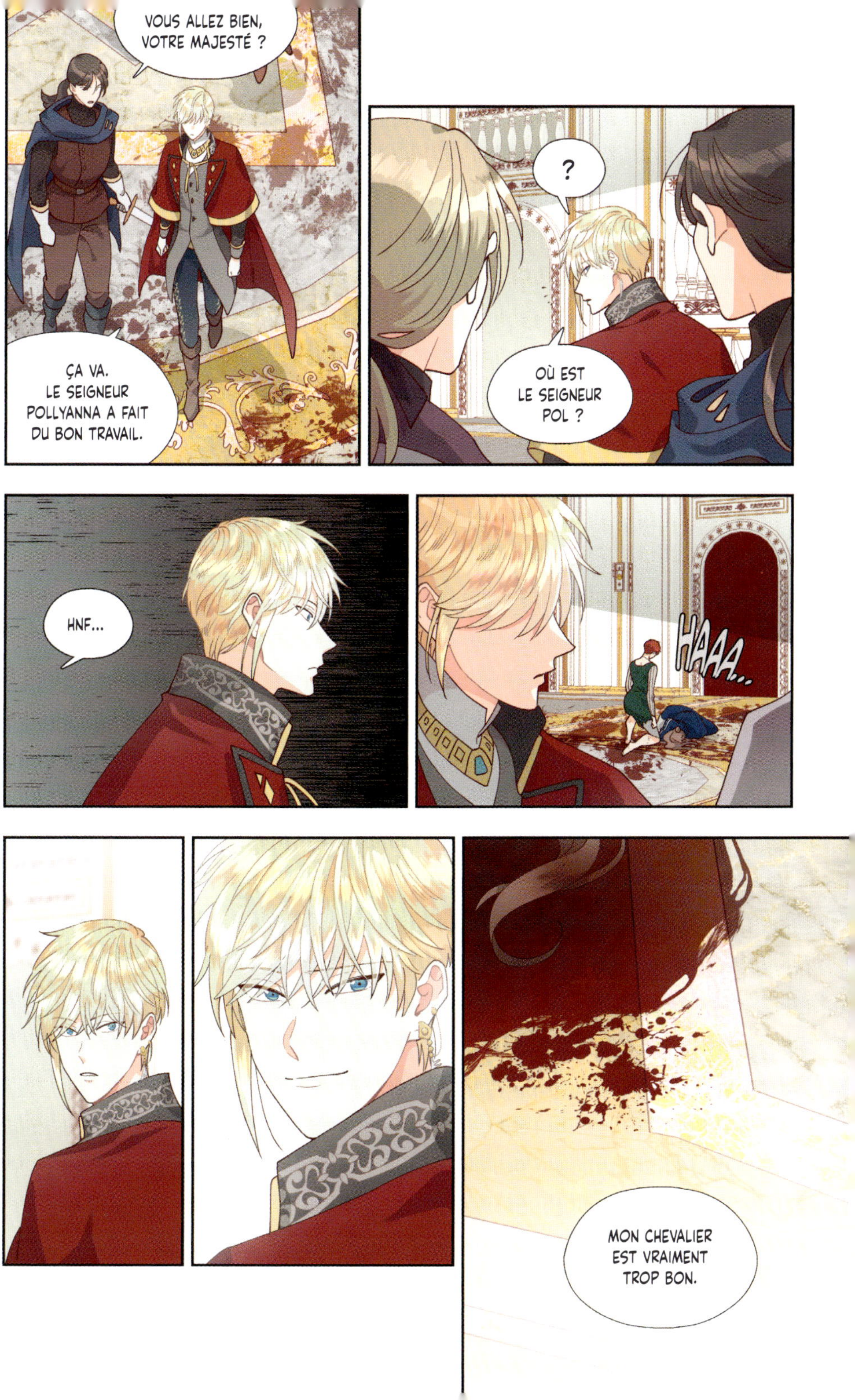
VOUS ALLEZ BIEN, VOTRE MAJESTÉ ?
ÇA VA. LE SEIGNEUR POLLYANNA A FAIT DU BON TRAVAIL.
?
OÙ EST LE SEIGNEUR POL ?
HNF...
HAAA...
MON CHEVALIER EST VRAIMENT TROP BON.

C'EST LA FIN DE LA FAMILLE ROYALE QUI AVAIT ORCHESTRÉ UNE RÉBELLION.
SA MAJESTÉ EST VRAIMENT BIENVEILLANTE.
HUFF
HUFF
C'EST UNE RÉELLE PREUVE DE MISÉRICORDE QUE DE LUI DONNER LA CHANCE DE S'ÔTER ELLE-MÊME LA VIE, PLUTÔT QUE D'ÊTRE DISGRACIÉE.
CECI DIT...
BRRR
CETTE JEUNE PRINCESSE NE PARVIENDRA PAS À S'ÔTER LA VIE.
HMM?
TU PEUX VISER JUSTE EN DESSOUS DU MENTON.
MAIS SI TU N'AS PAS DE CHANCE, CELA TE BLESSERA SANS TE TUER.
ESSAYE COMME ÇA.

AINSI...
CE SERA UNE MORT CERTAINE.
PFTT
UGHU...

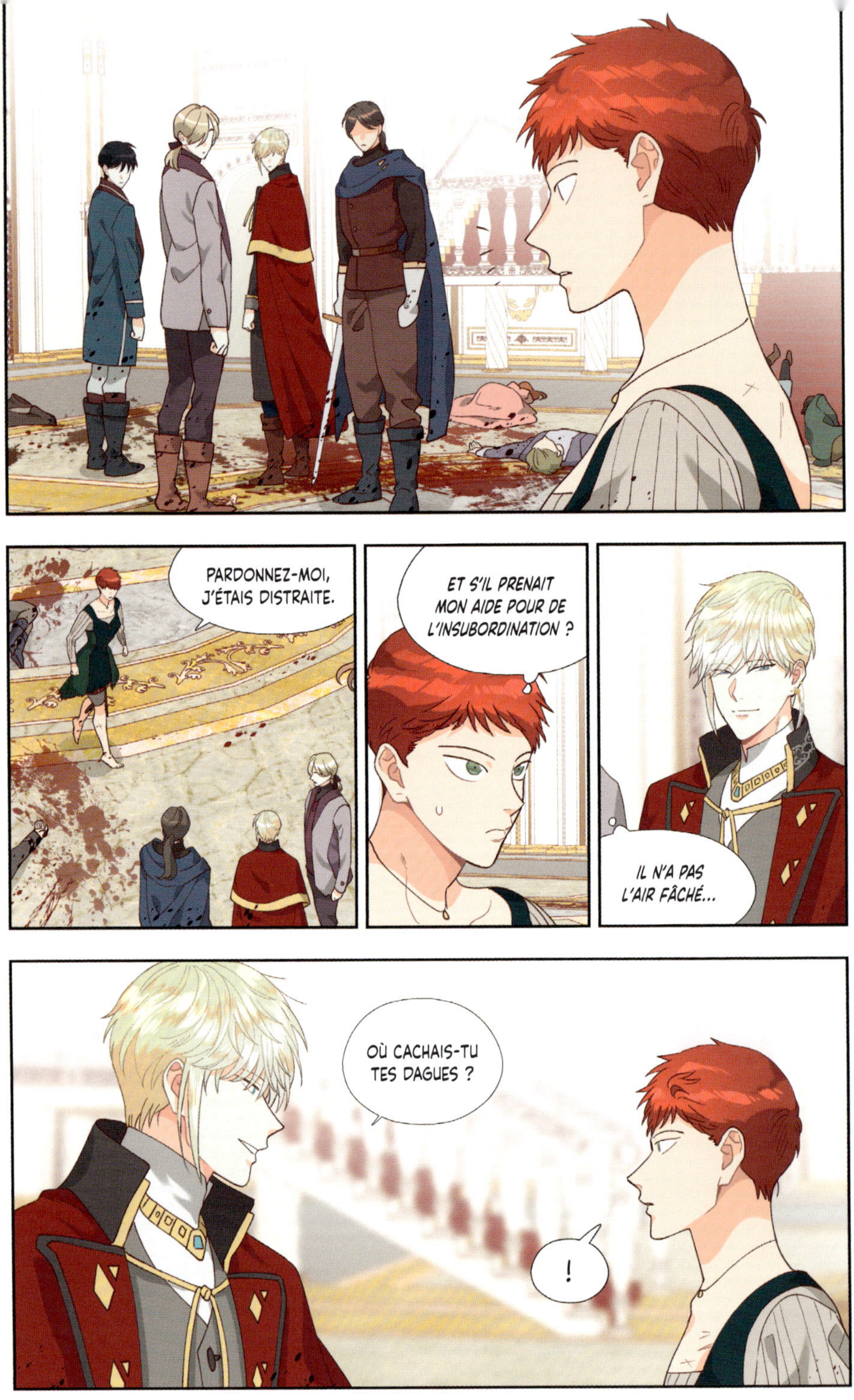
PARDONNEZ-MOI, J'ÉTAIS DISTRAITE.
ET S'IL PRENAIT MON AIDE POUR DE L'INSUBORDINATION ?
IL N'A PAS L'AIR FÂCHÉ...
OÙ CACHAIS-TU TES DAGUES ?
!

JE LES AVAIS ATTACHÉES À MES CUISSES.
TU ÉTAIS BIEN PRÉPARÉE.
C'EST MON TRAVAIL.
...
ALORS, C'EST POUR ÇA QUE VOUS AVEZ REFUSÉ, LORSQUE SA MAJESTÉ VOULAIT DANSER ?
ÇA AURAIT FAIT S'ENTRECHOQUER LES DAGUES.
TON PIED TE FAIT MAL ?
TAP
AH...
JE N'AURAIS PAS DÛ LE MONTRER !
JE, JE VAIS VRAIMENT...

BIEN ?!
HOP
JE VAIS BIEN. POSEZ-MOI S'IL VOUS PLAÎT
TU ESSAYES DE ME DÉTRUIRE LES TYMPANS, JE VOIS.
C'EST MON CADEAU, À LA PLACE D'UNE DANSE.

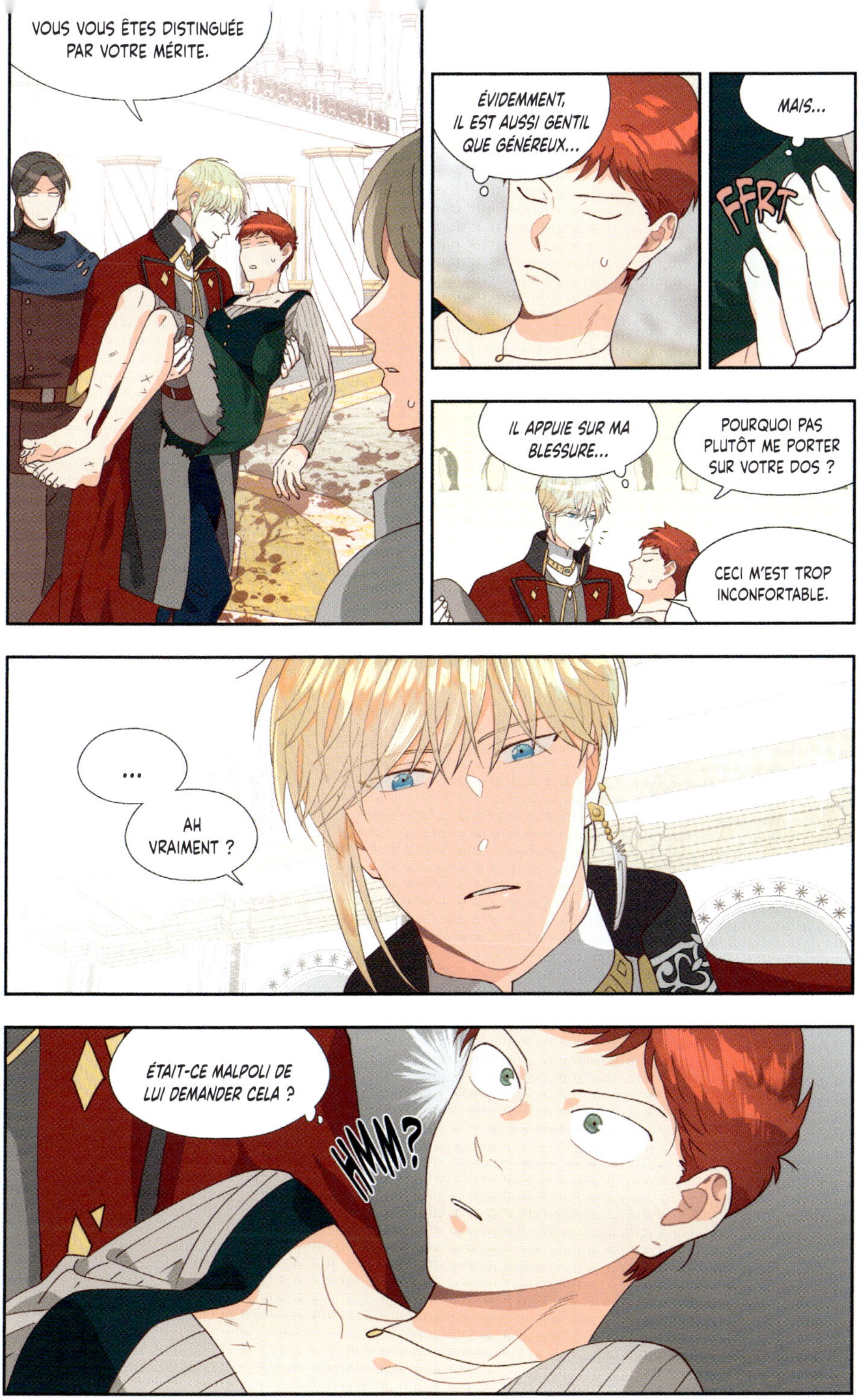

VOUS VOUS ÊTES DISTINGUÉE PAR VOTRE MÉRITE.
ÉVIDEMMENT, IL EST AUSSI GENTIL QUE GÉNÉREUX...
MAIS...
FFRT
IL APPUIE SUR MA BLESSURE...
POURQUOI PAS PLUTÔT ME PORTER SUR VOTRE DOS ?
CECI M'EST TROP INCONFORTABLE.
...
AH VRAIMENT ?
ÉTAIT-CE MALPOLI DE LUI DEMANDER CELA ?
HMM ?

VOUS ÊTES DÉCIDÉMENT TOUJOURS PLEINE DE SURPRISES, SEIGNEUR POL.
JE M'EXCUSE D'AVOIR PARLÉ SI SÈCHEMENT ! JE VAIS BIEN !
TAP
VOTRE MAJESTÉ ?
FWIT
UGH?
TU COMPTES ME FAIRE ATTENDRE COMME ÇA ENCORE LONGTEMPS ?
BIEN SÛR QUE NON, VOTRE MAJESTÉ.
BRRR
"LE SEIGNEUR POLLYANNA A FAIT DU BON TRAVAIL."
PFF.
FWIP
FLAP

BON SANG ! DIRE QU'AVANT, CES GARS SE SERAIENT PRÉCIPITÉS POUR L'ARRÊTER...
MAIS CE N'EST PAS SI MAL, D'ÊTRE SUR SON DOS...
PEUT-ÊTRE AURAIS-JE SIMPLEMENT DÛ L'AIDER À SE LEVER ?
TU AS FAIT DU BON TRAVAIL.
!
J'ÉTAIS TELLEMENT HEUREUX DE CETTE VICTOIRE SANS VERSER DE SANG, QUE JE N'AI RIEN VU VENIR.

OUI.
SA MAJESTÉ EST VRAIMENT
QUELQU'UN DE BIEN.

JE VEUX CONTINUER À LE SUIVRE.
AVANT, MON SEUL SOUHAIT ÉTAIT DE MOURIR AVEC DIGNITÉ...
MAIS À PRÉSENT, JE COMMENCE À EN VOULOIR DAVANTAGE.

L'armure et la couronne

TOC
TOC
ENTREZ.
CLAC
VOUS SEMBLEZ ALLER MIEUX QUE CE À QUOI JE M'ATTENDAIS.
C'EST VRAI... À PART QUE JE ME SENS RAMOLLIR, À NE PAS M'ENTRAÎNER.

VOUS AVEZ ENTENDU ?
SA MAJESTÉ VA CRÉER UN GROUPE DE FORCES SPÉCIALES.
VRAIMENT ?
PEUT-ÊTRE QUE LE SEIGNEUR AINO SERA...
BLOM
OH, SEIGNEUR ! JE SUIS EN RETARD !
DÉSOLÉ, DONAU.
J'AVAIS BEAUCOUP À FAIRE.
VOUS VOUS ÊTES DONNÉS RENDEZ-VOUS DANS MA CHAMBRE ?
NE VOUS MÉPRENEZ PAS.
C'EST PARCE QUE DONAU S'INQUIÈTE POUR VOUS, SEIGNEUR POL.
CE GOSSE S'INQUIÈTE POUR MOI ?
HMM...
HMM?
JE NE M'INQUIÈTE PAS TANT QUE ÇA, D'ACCORD ?

TU PEUX M'APPELER "GRANDE SŒUR".
!!
POURQUOI JE DEVRAIS FAIRE ÇA ?
C'EST VRAI QUE C'EST UNE BONNE IDÉE...
MALGRÉ VOS CHAMAILLERIES, TU PARLES TOUJOURS EN BIEN DU SEIGNEUR POL.
N... NON, C'EST PAS VRAI !
CUI
CUI
...

VOTRE MAJESTÉ ! S'IL VOUS PLAÎT, NON, PAR PITIÉ !
RÉVOQUEZ MA NOMINATION POUR LE POSTE DE COMMANDANT DES FORCES SPÉCIALES !
UN MOIS APRÈS LES ÉVÉNEMENTS À BIKPA...
...
LE ROI LUXOS FORMA LES FORCES SPÉCIALES... ET NOMMA LE SEIGNEUR AINC À SON COMMANDEMENT.
SEIGNEUR MAHOGAL.
EMMENEZ-LEZ.

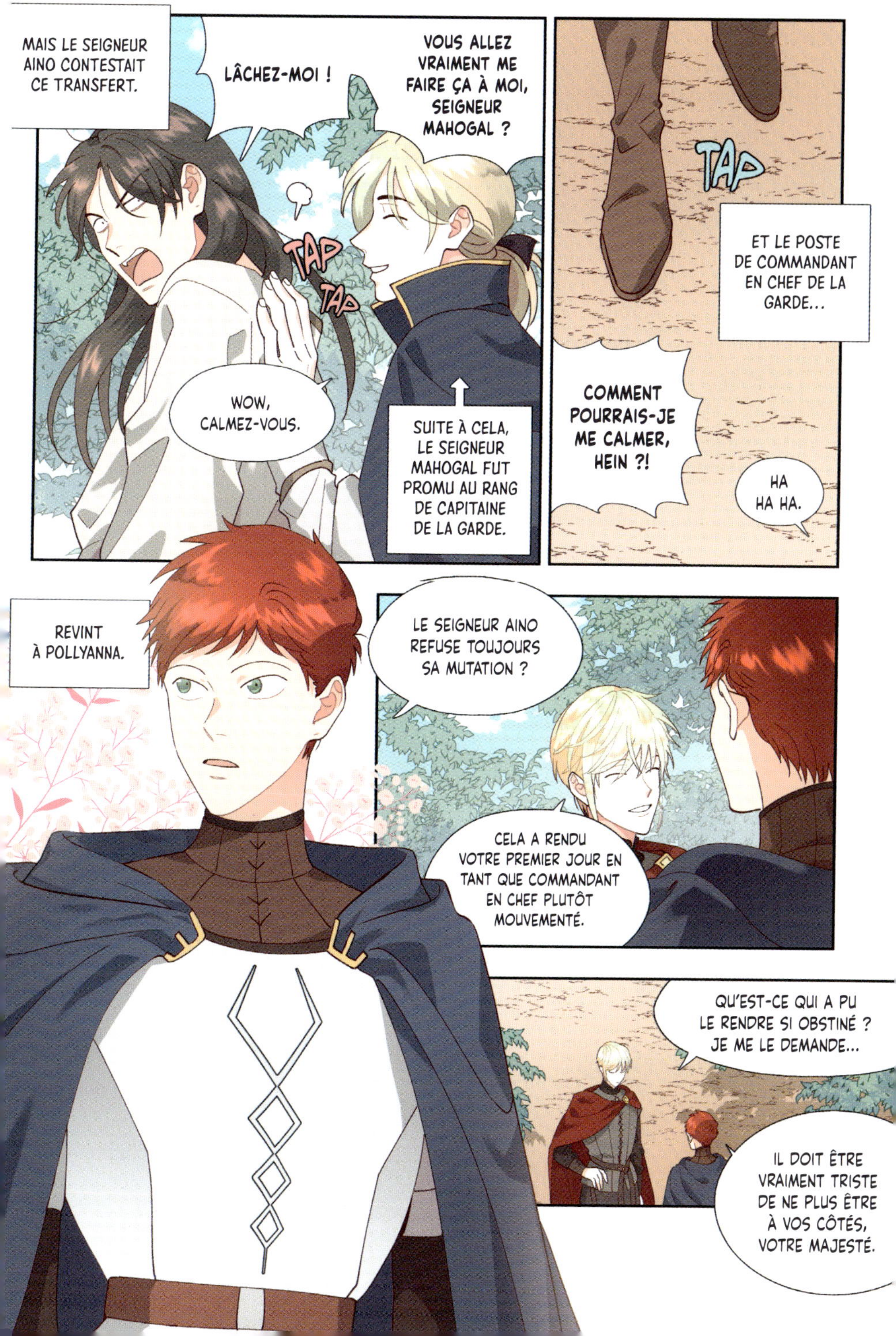
MAIS LE SEIGNEUR AINO CONTESTAIT CE TRANSFERT.
LÂCHEZ-MOI !
VOUS ALLEZ VRAIMENT ME FAIRE ÇA À MOI, SEIGNEUR MAHOGAL ?
TAP
TAP
WOW, CALMEZ-VOUS.
SUITE À CELA, LE SEIGNEUR MAHOGAL FUT PROMU AU RANG DE CAPITAINE DE LA GARDE.
TAP
ET LE POSTE DE COMMANDANT EN CHEF DE LA GARDE...
COMMENT POURRAIS-JE ME CALMER, HEIN ?!
HA HA HA.
REVINT À POLLYANNA.
LE SEIGNEUR AINO REFUSE TOUJOURS SA MUTATION ?
CELA A RENDU VOTRE PREMIER JOUR EN TANT QUE COMMANDANT EN CHEF PLUTÔT MOUVEMENTÉ.
QU'EST-CE QUI A PU LE RENDRE SI OBSTINÉ ? JE ME LE DEMANDE...
IL DOIT ÊTRE VRAIMENT TRISTE DE NE PLUS ÊTRE À VOS CÔTÉS, VOTRE MAJESTÉ.

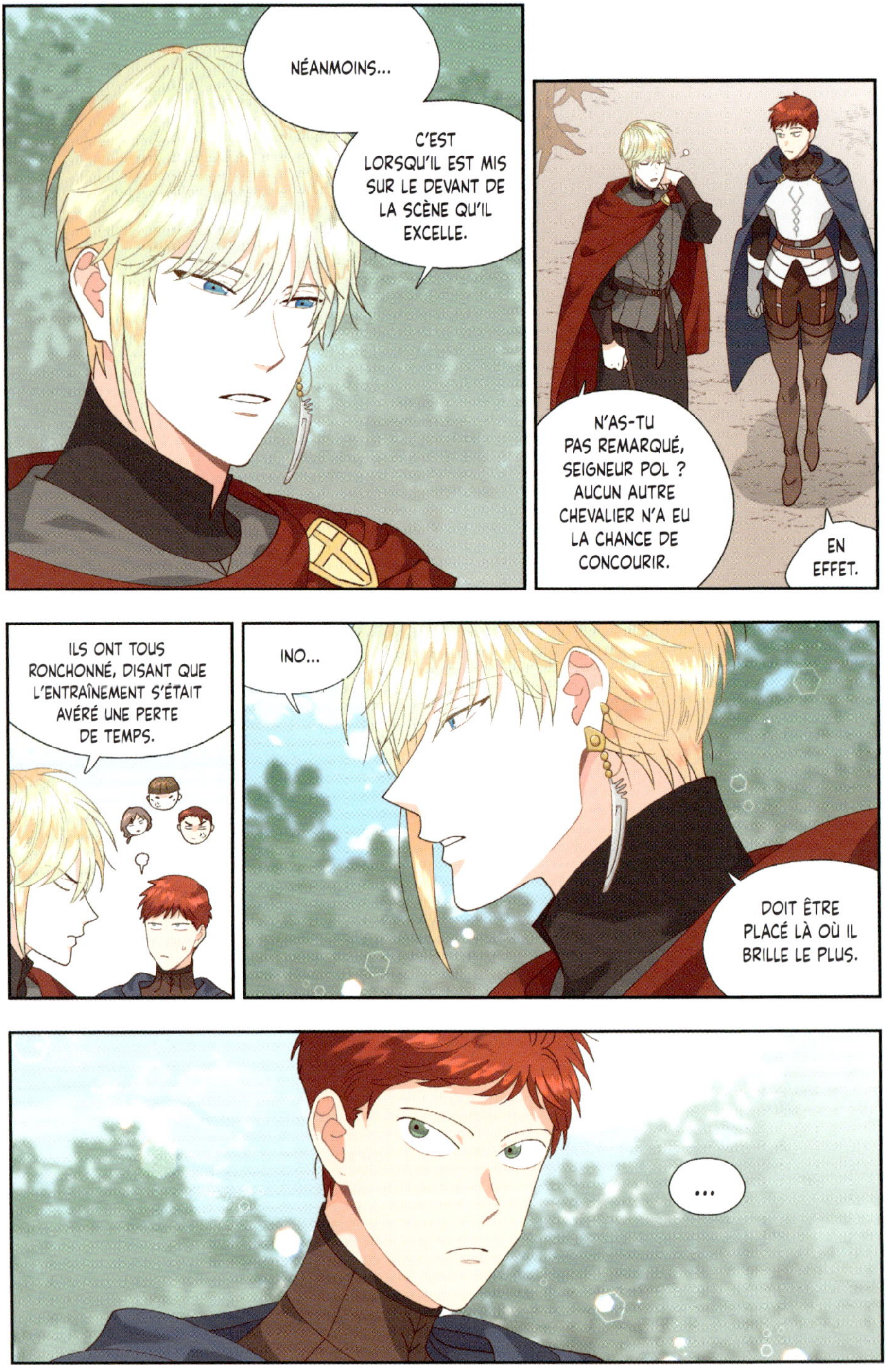
NÉANMOINS...
C'EST LORSQU'IL EST MIS SUR LE DEVANT DE LA SCÈNE QU'IL EXCELLE.
N'AS-TU PAS REMARQUÉ, SEIGNEUR POL ? AUCUN AUTRE CHEVALIER N'A EU LA CHANCE DE CONCOURIR.
EN EFFET.
ILS ONT TOUS RONCHONNÉ, DISANT QUE L'ENTRAÎNEMENT S'ÉTAIT AVÉRÉ UNE PERTE DE TEMPS.
INO...
DOIT ÊTRE PLACÉ LÀ OÙ IL BRILLE LE PLUS.
...

CELA SIGNIFIE...
QUE LA PLACE OÙ JE BRILLE LE PLUS EST À VOS CÔTÉ, VOTRE MAJESTÉ ?
CE N'EST PAS VRAI, SEIGNEUR POL.
POUR ÊTRE CORRECT, TU ES À MES CÔTÉS POUR ME PERMETTRE À MOI DE BRILLER.
AAAAH !
S'IL VOUS PLAÎT, VEUILLEZ RECONSIDÉRER VOTRE DÉCISION !!
GRRR
VOTRE MAJESTÉ !
EH BIEN, JE SUPPOSE...
QUE JE DEVRAIS CLARIFIER LES CHOSES AVEC LUI.
JE SUIS D'ACCORD.
CALMEZ-VOUS. S'IL VOUS PLAIT, SEIGNEUR AINO !
GRRR
BABOUM

BOM
BO
BOM
CRRCK
BABOUM
UNE DISCUSSION HOULEUSE DE PLUS.
HEIN ? QUE FAIT SA MAJESTÉ ?
IL A UNE DISCUSSION AVEC LE SEIGNEUR AINO.

COMMENT ?
POUR MON PREMIER JOUR, JE COMPTAIS ADRESSER MES RESPECTS À SA MAJESTÉ EN PERSONNE. QUELLE POISSE !
TOUT CE QUE JE VOIS, C'EST VOUS, GRANDE SŒUR...
MRMBL
PARDON ?
J'AI DIT QUE ÇA CRAIGNAIT, QUE SA MAJESTÉ SOIT OCCUPÉE !
HMM?
JE NE PARLAIS PAS DE ÇA...
COMMENT VIENS-TU DE M'APPELER ?
EST-CE VRAIMENT IMPORTANT ?
CONTENTONS-NOUS DE MONTER LA GARDE.
ALORS, QU'EST-CE QUE C'ÉTAIT ?
WIP
WIP
C'EST QUOI, CE SOURIRE ?!
TU ES TOUT GÊNÉ. ÇA NE TE RESSEMBLE PAS.
HA HA
POURQUOI VOUS ÊTES SI BIZARRE ?!

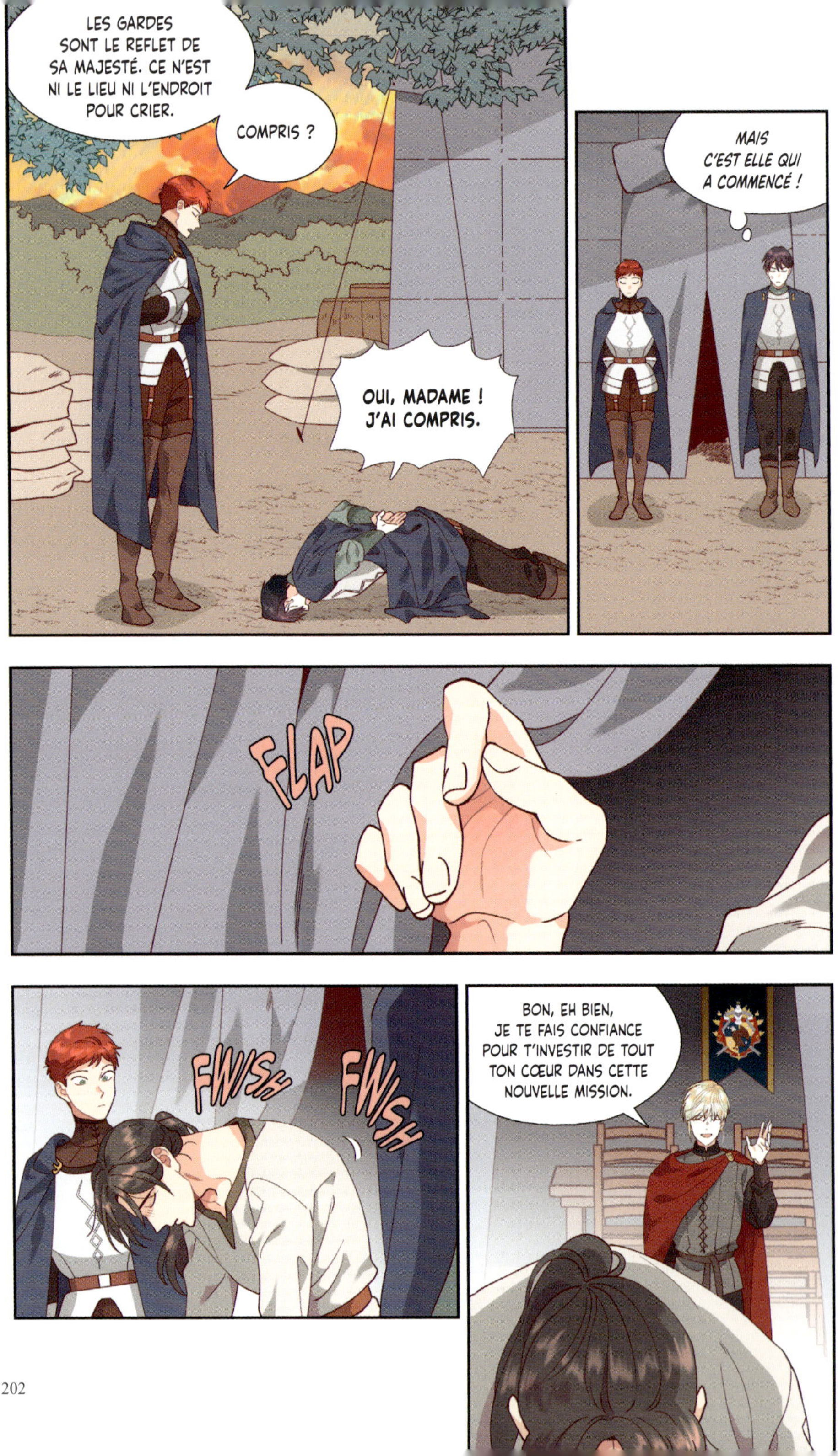
LES GARDES SONT LE REFLET DE SA MAJESTÉ. CE N'EST NI LE LIEU NI L'ENDROIT POUR CRIER.
COMPRIS ?
OUI, MADAME ! J'AI COMPRIS.
MAIS C'EST ELLE QUI A COMMENCÉ !
FLAP
FWISH
FWISH
BON, EH BIEN, JE TE FAIS CONFIANCE POUR T'INVESTIR DE TOUT TON CŒUR DANS CETTE NOUVELLE MISSION.

BIEN SÛR...
HÉ HÉ
CETTE FOIS-CI, SA MAJESTÉ L'A EMPORTÉ.
CETTE ANNÉE EST LA CINQUIÈME DE L'EXPÉDITION ACRÉENNE.
CELA FAIT AUSSI PRESQUE CINQ ANS QUE POLLYANNA A REJOINT CETTE ARMÉE.

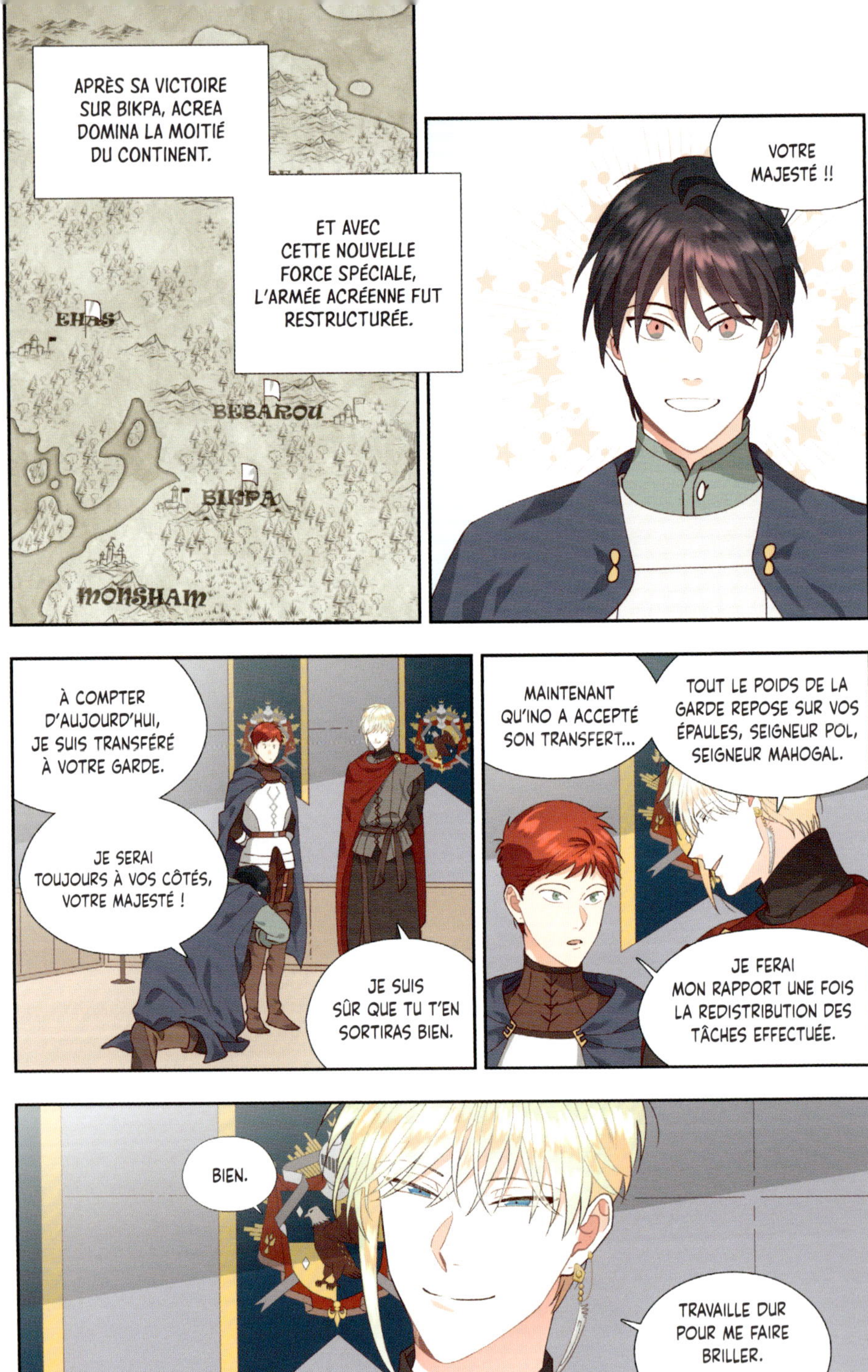

EHAS
BEBAROU
BIKPA
MONSHAM
APRÈS SA VICTOIRE SUR BIKPA, ACREA DOMINA LA MOITIÉ DU CONTINENT.
ET AVEC CETTE NOUVELLE FORCE SPÉCIALE, L'ARMÉE ACRÉENNE FUT RESTRUCTURÉE.
VOTRE MAJESTÉ !!
À COMPTER D'AUJOURD'HUI, JE SUIS TRANSFÉRÉ À VOTRE GARDE.
JE SERAI TOUJOURS À VOS CÔTÉS, VOTRE MAJESTÉ !
JE SUIS SÛR QUE TU T'EN SORTIRAS BIEN.
MAINTENANT QU'INO A ACCEPTÉ SON TRANSFERT...
TOUT LE POIDS DE LA GARDE REPOSE SUR VOS ÉPAULES, SEIGNEUR POL, SEIGNEUR MAHOGAL.
JE FERAI MON RAPPORT UNE FOIS LA REDISTRIBUTION DES TÂCHES EFFECTUÉE.
BIEN.
TRAVAILLE DUR POUR ME FAIRE BRILLER.

JE VOUS PROMETS DE TRAVAILLER D'ARRACHE-PIED, VOTRE MAJESTÉ !
TAP
BIEN QUE VOUS BRILLIEZ DÉJÀ SUFFISAMMENT, VOTRE MAJESTÉ !
JE PLAISANTAIS...
VOUS ÊTES BRILLANT MÊME LORSQUE VOUS PLAISANTEZ, VOTRE MAJESTÉ !
ELLE A RAISON ! VOUS ÊTES BRILLANT, VOTRE MAJESTÉ !
CLING
BLING
EST-CE QUE...
ILS SE MOQUERAIENT DE MOI ?
QUOI QU'IL EN SOIT...
LE ROI LUXOS ET POLLYANNA S'ENTENDAIENT À MERVEILLE.

ALORS...
CE SOIR, QUE DIRIEZ-VOUS DE PRENDRE UN VERRE EN COMPAGNIE DES NOUVEAUX CHEVALIERS DE LA GARDE ?
EXCELLENT !
HÉ HÉ
ET NOUS CÉLÈBRERONS LE DÉPART D'INO !
TOUT CELA ÉTAIT DE BON AUGURE.

Chapitre 7

Le dragon de la forêt de Musmell

L'Armure et la Couronne

L'armure et la couronne

TU AS BIEN TRAVAILLÉ, AUJOURD'HUI.
VA ET REPOSE-TOI.
PASSEZ UNE NUIT AGRÉABLE, VOTRE MAJESTÉ !
TAP
BONNE NUIT, COMMANDANT EN CHEF !
AAAH
FLAP
FWIP
POF

OH, J'ALLAIS OUBLIER.
FWIP
MON JOURNAL...
CLAP
FSHH
AUJOURD'HUI...
C'EST MON DOUZIÈME JOUR AVEC LES GARDES.

LORSQUE JE SUIS SORTIE PRENDRE MON SERVICE AU PETIT MATIN, SA MAJESTÉ ÉTAIT DÉJÀ LEVÉE, COMME CHAQUE MATIN.
BONJOUR, SEIGNEUR POL.
VOUS VOUS ENTRAÎNEZ ENCORE, VOTRE MAJESTÉ ?
IL FAUT UTILISER SES MUSCLES, SI ON NE VEUT PAS LES PERDRE.
PEUX-TU ME DONNER CETTE SERVIETTE, JUSTE LÀ ?
BIEN SÛR.
OH...

HEY !
J'AI APPRIS UNE CHOSE SUR SA MAJESTÉ.
FWISH
?
SA MAJESTÉ DÉTESTE LES GECKOS.
Y'A-T-IL UN PROBLÈME ?
IL Y A UN GECKO SUR LA SERVIETTE.
PLOP
IL NE S'ÉTAIT JAMAIS INQUIÉTÉ DE CE QU'IL Y AVAIT SUR LA SERVIETTE...
IL N'EST PLUS LÀ.
VA...
VA M'EN CHERCHER UNE AUTRE.
IL SE TIENT À DISTANCE.
MAIS CE GECKO L'A REPOUSSÉ.
FLOP
VÉRIFIE QU'IL N'Y A PAS DE GECKO.

ENSUITE...
LE VOICI.
TÔT DANS LA MATINÉE, LE SEIGNEUR BAUFALO EUT UN ENTRETIEN AVEC SA MAJESTÉ...
À PROPOS DU BUTIN SAISI À BIKPA.
NOUS AVONS TROUVÉ UNE COMMANDE ENVOYÉE PAR L'ALLIANCE CENTRALE DES TROIS ROYAUMES.
QUELLE STUPIDITÉ.
UN ROI A FAIT UN PARI, METTANT SON PROPRE PEUPLE ET SA FAMILLE EN JEU...
UNIQUEMENT POUR ÊTRE LE PANTIN DES AUTRES ROIS ?
EN DEHORS DE LA PRINCESSE, QUI S'EST ELLE-MÊME ÔTÉE LA VIE...
LE RESTE DE LA FAMILLE ROYALE MOURUT EN DISGRÂCE, PENDUE AUX MURS DE LEUR CHÂTEAU.

VOILÀ CE QU'EST LA GUERRE.
CETTE BATAILLE INATTENDUE NOUS CAUSA AUSSI DE LOURDES PERTES.
AFIN DE TRANSPORTER EN TOUTE SÉCURITÉ LES DÉPOUILLES DES SOLDATS JUSQU'À ACREA...
SA MAJESTÉ EN PERSONNE...
A SUPERVISÉ L'ENSEMBLE DU PROCESSUS SUR PLUSIEURS JOURS.
"J'ÉTAIS TELLEMENT HEUREUX DE CETTE VICTOIRE SANS VERSER DE SANG, QUE JE N'AI RIEN VU VENIR."
J'ESPÈRE QU'IL NE SE BLÂME PAS À NOUVEAU.

LE SEIGNEUR AINO...
SEMBLE SE PLAIRE DANS LES FORCES SPÉCIALES.
VOUS VOUS EN SORTEZ BIEN AVEC LA GARDE, SEIGNEUR POL ?
OUI, TOUT VA BIEN, MONSIEUR.
VOUS NE PORTEZ PAS DE ROBE, AUJOURD'HUI ? MMH ?
JE VOUS TROUVAIS JOLIE DANS CETTE ROBE, MIEUX QUE DANS CET UNIFORME.
PEU IMPORTE CE QUE JE PORTE, CE NE SONT PAS VOS AFFAIRES, SEIGNEUR AINO.
EMMENEZ-LE !
NON, LÂCHEZ-MOI ! UGH, NOUS ÉTIONS SIMPLEMENT EN TRAIN DE PARLER !
IL CONTINUE À ME CHERCHER DES NOISES...
MAIS JE NE DEVRAIS SÛREMENT PAS L'ÉCRIRE.

AUTRE CHOSE.
DES RUMEURS D'UN SCANDALE CIRCULENT À PROPOS DE SA MAJESTÉ.
TAP
UN SCANDALE ?
À PROPOS DE MOI ? AVEC QUI ?
BOBOM
EH BIEN, C'EST...
AVEC LE SEIGNEUR POLLYANNA...
VOTRE MAJESTÉ.
BOBOM

HUM.
!
HMM.
JE PENSAIS QUE ÇA SERAIT INO. IL A FAIT TELLEMENT D'HISTOIRES, PLEURNICHANT ET JURANT QU'IL NE ME QUITTERAIT JAMAIS !
COMMENT ?
JE PRENDS VOTRE CAVALIER.
OH.
TOUT LE MONDE SAIT À QUEL POINT SA MAJESTÉ ET LE SEIGNEUR AINO SONT PROCHES, PEUT-ÊTRE LEUR FALLAIT-IL UNE ÉTOILE MONTANTE TELLE QUE MOI POUR DE NOUVEAUX COMMÉRAGES.
ÇA A DU SENS.
VOUS PLAISANTEZ AUSSI, SEIGNEUR POL ?
SÛREMENT QUE LE SENS DE L'HUMOUR DE SA MAJESTÉ A DÉTEINT SUR VOUS.
CERTAINES PERSONNES N'ARRIVENT PAS À IMAGINER QU'UNE FEMME PUISSE ATTEINDRE UN STATUT AUSSI ÉLEVÉ SANS OFFRIR DE FAVEURS SEXUELLES.
NUL BESOIN DE PRÊTER ATTENTION À CE QU'ILS DISENT.
ELLE A RAISON.

ELLE S'EN FICHE, ET MOI AUSSI, ALORS IL N'Y A AUCUN PROBLÈME.
VOTRE MAJESTÉ...
C'ÉTAIT SIMPLEMENT UNE RUMEUR SANS IMPORTANCE, PAS DE QUOI S'INQUIÉTER.
ÉCHEC ET MAT.

JE ME SUIS LAISSÉ DISTRAIRE PAR CES RUMEURS RIDICULES, ET J'AI PERDU.
LA PROCHAINE FOIS, LORSQUE VOUS VIENDREZ ME RAPPORTER CE GENRE DE RUMEURS, JE PRÉFÈRERAIS QU'ELLES VAILLENT LA PEINE DE S'Y INTÉRESSER.
JE PLAISANTE.
PARDONNEZ-MOI, VOTRE MAJESTÉ !!
TAP
ALORS, PUIS-JE DISPOSER, À PRÉSENT, VOTRE MAJESTÉ ?
BIEN SÛR.
FWIP
ATTENDEZ, VOTRE MAJESTÉ !!
CLING

QU'Y A-T-IL ?!
FWOO
NE BOUGEZ PAS.
IL Y A UN GECKO DANS VOS CHEVEUX.
IL A DÛ TOMBER DU PLAFOND.

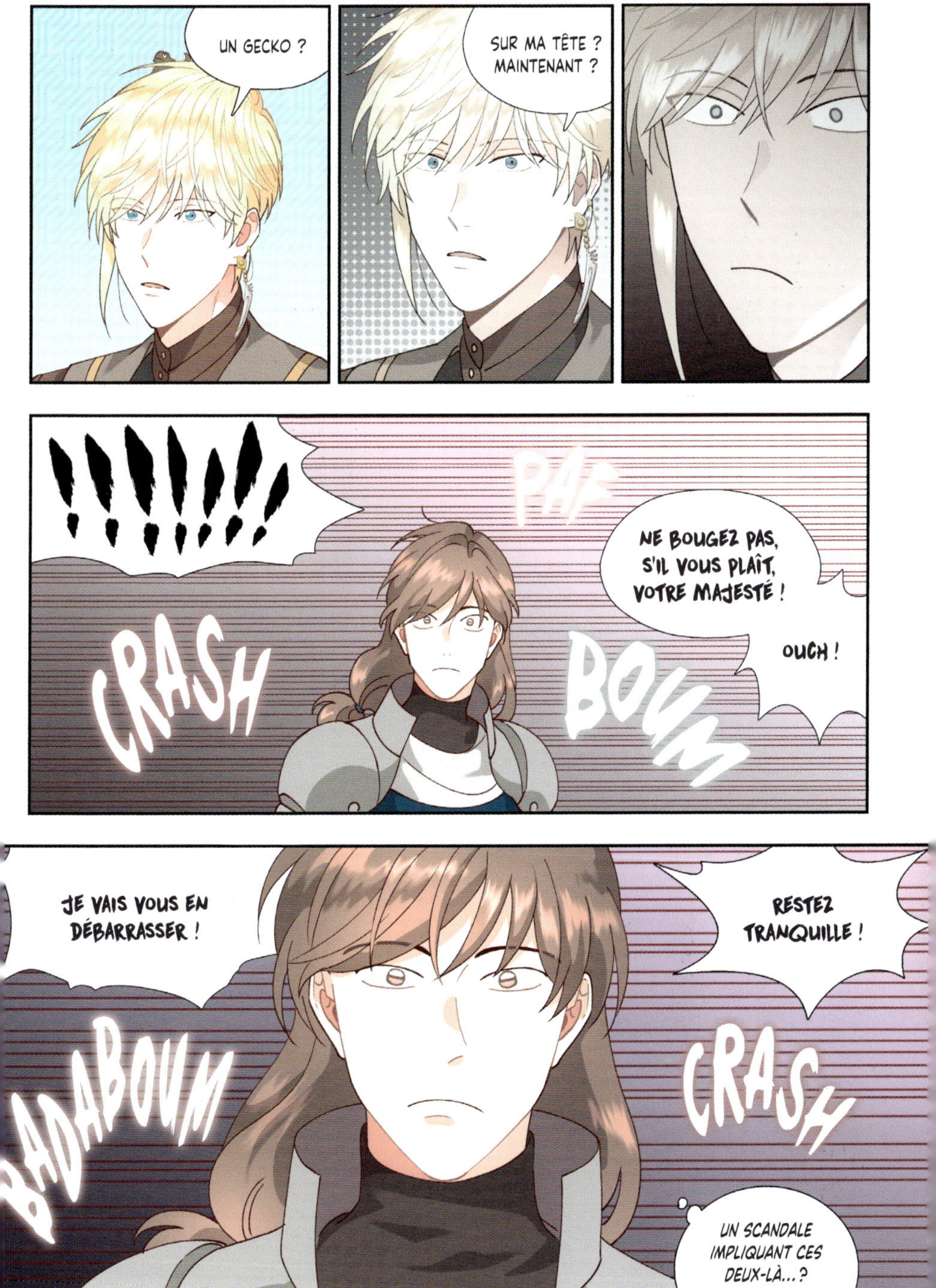
UN GECKO ?
SUR MA TÊTE ? MAINTENANT ?
!!!!!!!
PAF
NE BOUGEZ PAS, S'IL VOUS PLAÎT, VOTRE MAJESTÉ !
OUCH !
CRASH
BOUM
JE VAIS VOUS EN DÉBARRASSER !
RESTEZ TRANQUILLE !
BADABOUM
CRASH
UN SCANDALE IMPLIQUANT CES DEUX-LÀ...?

Encore quinze jours de marche...
C'est impossible.
Et nous arriverons à la forêt de Musmell.
C'est le seul obstacle qu'il nous reste à franchir avant de pouvoir attaquer l'Alliance centrale.
Plus nous nous enfoncerons dans la forêt, plus nous rencontrerons de reptiles.
Je dois garder ça à l'esprit.
Voilà pour le journal d'aujourd'hui.
Terminé.

L'Armure et la Couronne

L'armure et la couronne

CHRRR
CHRRRRR
CUI
CUI
SCRRCH
SCRRCH
CHRRR
GRRR
CUI CUI
SPLASH
SPLASH
SPLASH
FLAP
FWOO

POF
GRRR
GRRR
FLAP
FLAP
GRRR
IL Y A UN DRAGON DANS LA FORÊT DE MUSMELL ?
DES RUMEURS ABONDENT CHEZ LES HABITANTS DU COIN.
ILS DISENT QU'UNE FOIS QU'ON Y A MIS LE PIED, ON NE PEUT PLUS QUITTER L'ANTR DES DÉMONS...
TOUT ÇA À CAUSE DU DRAGON.

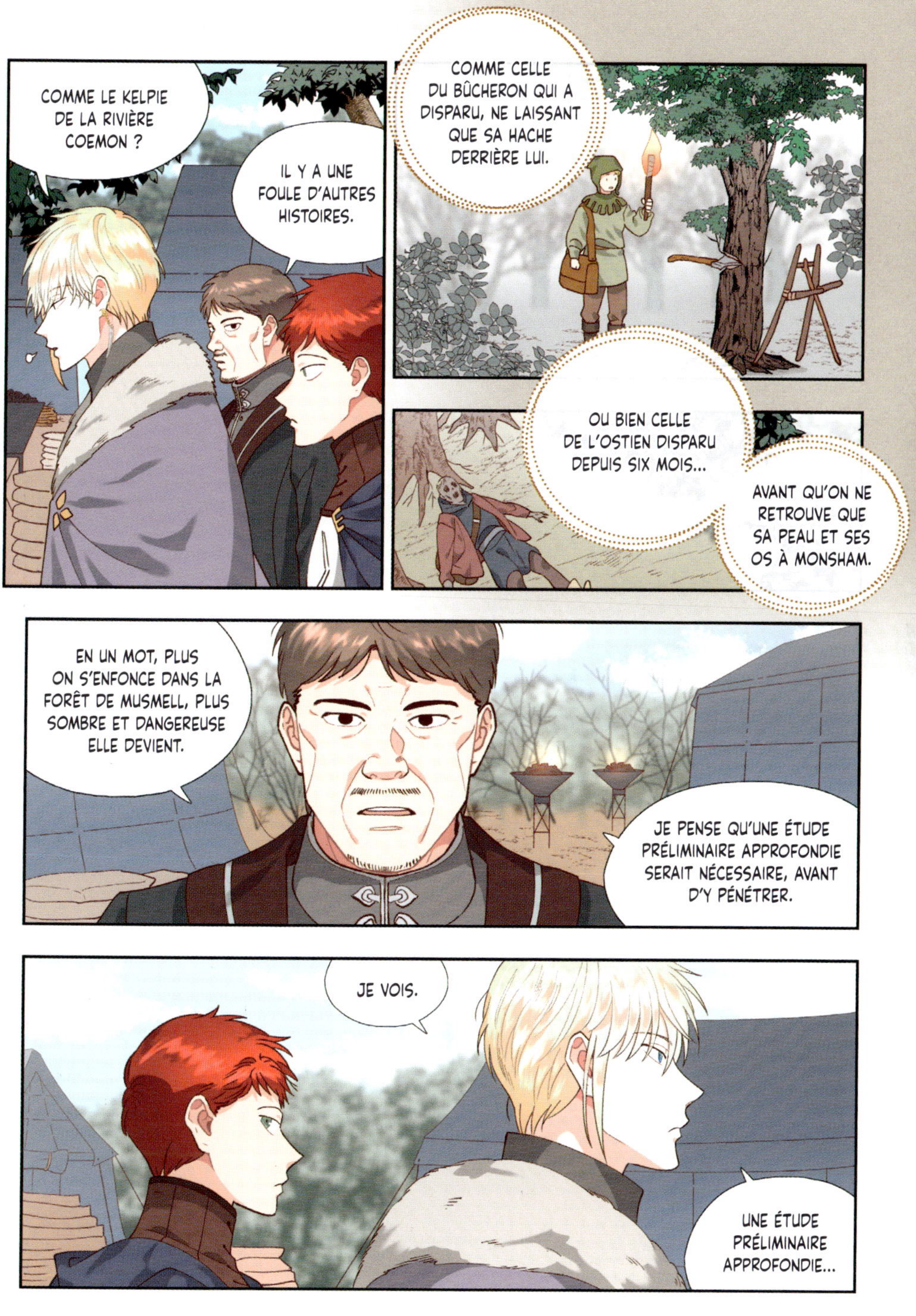
COMME LE KELPIE DE LA RIVIÈRE COEMON ?
IL Y A UNE FOULE D'AUTRES HISTOIRES.
COMME CELLE DU BÛCHERON QUI A DISPARU, NE LAISSANT QUE SA HACHE DERRIÈRE LUI.
OU BIEN CELLE DE L'OSTIEN DISPARU DEPUIS SIX MOIS...
AVANT QU'ON NE RETROUVE QUE SA PEAU ET SES OS À MONSHAM.
EN UN MOT, PLUS ON S'ENFONCE DANS LA FORÊT DE MUSMELL, PLUS SOMBRE ET DANGEREUSE ELLE DEVIENT.
JE PENSE QU'UNE ÉTUDE PRÉLIMINAIRE APPROFONDIE SERAIT NÉCESSAIRE, AVANT D'Y PÉNÉTRER.
JE VOIS.
UNE ÉTUDE PRÉLIMINAIRE APPROFONDIE...

DANS CE CAS, POURQUOI...
NE PAS LANCER UNE PARTIE DE CHASSE DANS CETTE FORÊT ? ÇA FAIT LONGTEMPS.
LES ACRÉENS SONT DES CHASSEURS AGUERRIS.
GRÂCE À LEURS TECHNIQUES DE CHASSE, ILS PEUVENT SURVIVRE QUAND LES HIVERS SONT RUDES.
QUELQUES-UNS, INCAPABLES D'ABANDONNER LEURS HABITUDES, ONT CHASSÉ DURANT LES EXPÉDITIONS, CAUSANT DES PROBLÈMES.
DÈS LORS, LA CHASSE FUT INTERDITE.

ALORS, LA NOUVELLE ANNONÇANT QUE L'INTERDICTION DE CHASSER SERAIT TEMPORAIREMENT LEVÉE RÉJOUIT LES SOLDATS.
SA MAJESTÉ A RÉELLEMENT AUTORISÉ LA CHASSE DANS LA FORÊT DE MUSMELL ?
CLING
ÇA NE TE CONCERNE PAS. TU FAIS PARTIE DE LA GARDE.
SEULEMENT POUR LES ÉCLAIREURS APPROUVÉS PAR LE SEIGNEUR LEVY.
HMPFF.
TU AIMES CHASSER, TOI AUSSI ?
JE NE SUIS PAS AUSSI BON QUE MON PÈRE OU MON FRÈRE...
MAIS, LES ACRÉENS SONT DES CHASSEURS NÉS...
ALORS ÇA NOUS DÉMANGE CONSTAMMENT, D'Y ALLER.
TU M'AS L'AIR PLUS DOUÉ POUR LA COUTURE QUE POUR LA CHASSE.
BLING
FFT
JE SUIS BON DANS LES DEUX.
IL EST AUSSI BON CUISINIER.
FACILE

C'EST AINSI QUE LES MEILLEURS CHASSEURS FURENT CHOISIS POUR FORMER L'ÉQUIPE D'ÉCLAIREURS.
AH...!
BOM
BO BOM
TU FAIS PARTIE DE CETTE L'ÉQUIPE ?
LE SEIGNEUR LEVY A RECONNU MON TALENT.
TU M'ÉNERVES.
EH BIEN, TU AS DORMI DANS TON UNIFORME DE LA GARDE PENDANT TOUTE UNE SEMAINE, TU NE TE SOUVIENS PAS ?
GRRR
HÉ HÉ

T'ES VRAIMENT CHANCEUX.
JE VEUX ALLER CHASSER. ÇA FAIT TROP LONGTEMPS.
ALORS...
POURQUOI NE DEMANDES-TU PAS À SA MAJESTÉ ? ÇA NE COÛTE RIEN.
SACHANT QUE L'ÉQUIPE MANQUE D'HOMMES, IL CONSIDÈRERA PEUT-ÊTRE TA REQUÊTE, SI TU TROUVES UNE RAISON VALABLE.
UNE RAISON... VALABLE ?
DONC, TU VEUX...
PERMETTRE AU SEIGNEUR POL D'EXPÉRIMENTER LA CHASSE ?

APRÈS TOUT, C'EST UNE ACTIVITÉ ESSENTIELLE POUR LES ACRÉENS.
?
HIER, IL N'ARRÊTAIT PAS AVEC CETTE HISTOIRE DE CHASSE, ET MAINTENANT... QUOI ?
LE COMMANDANT EN CHEF EST ACRÉEN, MAINTENANT.
JE PENSE QUE C'EST ÉGALEMENT UNE BONNE OCCASION POUR ELLE DE RENFORCER SES LIENS AVEC SES HOMMES.
QU'EN PENSEZ-VOUS, VOTRE MAJESTÉ ?
ALORS, TU VEUX M'UTILISER ?
EN CLAIR...
TU VEUX ALLER CHASSER ?
CE N'EST PAS UNE MAUVAISE IDÉE.
TANT QUE CELA N'AFFECTE PAS TON POSTE...
ET QUE CELA REMPLACE TON ENTRAÎNEMENT.
MERCI, VOTRE MAJESTÉ !

AINSI, POUR CERTAINS MEMBRES DE LA GARDE, L'ENTRAÎNEMENT FUT REMPLACÉ PAR LA CHASSE.
MAIS EN PRENANT QUELQUES PRÉCAUTIONS.
ZWIP
TAP
SE DÉPLACER PAR GROUPES D'AU MOINS TROIS.
LA CHASSE N'EST AUTORISÉE QU'AUX ALENTOURS DU VILLAGE, À LA LISIÈRE DE LA FORÊT DE MUSMELL.
SNIF
L'ODEUR DE LA CHASSE !
ALORS, HEUREUX ?
RETOUR IMMÉDIAT EN CAS DE PROBLÈME.

JE PARIE QUE VOUS ÊTES UNE BONNE CHASSEUSE, ALORS TENTEZ VOTRE CHANCE.
CHASSONS LE LAPIN.
JE NE SUIS PAS SÛRE QUE L'ON PUISSE SE PERMETTRE DE PERDRE DU TEMPS AVEC ÇA.
LES LAPINS SONT DES PROIES FACILES POUR LES DÉBUTANTS.
À CAUSE DE LEUR INSTINCT, ILS RETOURNENT TOUJOURS À LEUR TERRIER.
À ACREA, NOUS SUIVONS LES PROIES EN SUIVANT LEURS TRACES DANS LA NEIGE.
MAIS EN FORÊT, IL EST PLUS DIFFICILE DE LES VOIR...
POURQUOI NE PAS CHERCHER UN TERRIER ?
BON...
IL A L'AIR ENTHOUSIASTE. FAISONS COMME IL VEUT.
ALLONS PAR ICI.
FRSH
FRSH
FRSH

CHHH
FINALEMENT, IL Y AVAIT UN LAPIN, DANS CETTE FORÊT...
AAAGH
FRSH
TRRR

FW
IP
QU'EST-CE QUE VOUS FAITES...?!
CHH !
FFT
ENNEMI EN VUE.
IL N'EST PAS SEUL.

TAP
TAP

HEY.

VOUS AVEZ ENTENDU ?

OUI, IL ME SEMBLE AUSSI AVOIR ENTENDU QUELQUE CHOSE.
ON AURAIT DIT QUE C'ÉTAIT TOUT PROCHE...
ÉLOIGNONS-NOUS...
EN RAMPANT.
OUI
FWIP
TING
FFT
DES SOLDATS DE MONSHAM.

J'IGNORAIS QUE MONSHAM ENVOYAIT SES SBIRES JUSQU'ICI.
TAP
FRSH
FRSH
GLOUPS
SHLING

PAR ICI !
GRRR
YAAAH
!!
COUREZ, MAINTENANT !

FRSH
FRSH
ILS NE DOIVENT PAS ÊTRE BIEN LOIN.
FOUILLEZ LE SECTEUR !
SOUVENEZ-VOUS, TOUS...
LA RÉCOMPENSE AUGMENTE AVEC CHAQUE TÊTE ACRÉENNE !
GLOUPS

ON NOUS A TENDU UNE EMBUSCADE DANS LA FORÊT DE MUSMELL !
LES FORCES DE MONSHAM ONT MÊME INSTALLÉ DES PIÈGES.
UNE EMBUSCADE ?!
NOUS N'AVONS PAS PU ÉTUDIER LA FORÊT CONVENABLEMENT.
JE SUIS DÉSOLÉ, VOTRE MAJESTÉ.
MONSHAM A UTILISÉ BIKPA COMME APPÂT...
PENDANT QU'ILS SE PRÉPARAIENT EN SECRET.
ENVOYEZ UN SIGNAL À L'AUTRE ÉQUIPE.
NOUS DEVONS RASSEMBLER NOS FORCES AFIN D'ÊTRE PRÊTS À TOUTE ÉVENTUALITÉ.

VOUS DISIEZ AVOIR ÉTÉ EN FUITE DURANT TROIS JOURS DANS LA FORÊT, IL Y A CINQ ANS !
VOUS N'AURIEZ PAS UNE BONNE IDÉE ?
FWIP
FWIP
JE CONNAISSAIS CETTE FORÊT-LÀ POUR Y AVOIR COMBATTU PENDANT SIX ANNÉES.
EN REVANCHE, JE NE CONNAIS RIEN DE LA FORÊT DE MUSMELL.
FFT
FFT
FFT
ILS VONT COMMUNIQUER ENCORE LONGTEMPS COMME ÇA ?
FWIT
FWIT
NE DEVRIONS-NOUS PAS JUSTE FUIR POUR SURVIVRE ?
FRSH
ATTENDS.
FRSH
FRSH
JE VAIS SERVIR D'APPÂT.
FRSH

?
WOUUSH
PAF
DE CE CÔTÉ !
CETTE PIERRE VENAIT DE LÀ !
SHWOO
OUI, C'EST ÇA. CONTINUEZ À VOUS CROIRE TRÈS INTELLIGENTS, ET SUIVEZ-MOI.

POUSSEZ-LE
PAR LÀ !
FRSH
FRSH

SEIGNEUR
DONAU !
"POUSSEZ-LE" ?
ÇA VEUT DIRE
QU'ILS AURAIENT MIS
DES PIÈGES ?!

TADADAP
TADADAP
WOUUSH
POURQUOI ME POURSUIVENT-ILS, AU LIEU D'ATTAQUER ?!
HUFF
TAP
TOING
DOING
CELUI-CI A ÉCHAPPÉ À LA MORT.
DOING
CHANCEUSE, LA VERMINE.
PLOP

BON SANG...
ILS M'ONT EUE TROP TÔT.
TRÈS BIEN, ON EN A UN.
FWISH
ON VA BIEN S'OCCUPER DE L...
QUI VA LÀ ?!
ILS SONT LÀ-BAS !
JE M'OCCUPE DE CELUI-LÀ, ATTRAPEZ-LES !
FWIP
OUI, MONSIEUR !!
SHLING
LA FÊTE EST FINIE.

SŒURETTE !!
FUYEZ, SEIGNEUR DONAU !!
C'EST PAS VRAI !
BOM
FLAP
BOM
BOM
BOM
BOM

BLING
BOM
D...
DRAGON !
BOM
IL Y A UN DRAGON DANS LA FORÊT DE MUSMELL ?

NOUS SOMMES TOUS SAINS ET SAUFS, VOTRE MAJESTÉ.
JE SUIS HEUREUX DE VOIR QUE MES CHEVALIERS N'ONT RIEN. J'ÉTAIS INQUIET.
AU FAIT...
QUELLE EST CETTE CHOSE, DERRIÈRE VOUS ?
VOUS NE VOULEZ PAS LE SAVOIR, VOTRE MAJESTÉ.

UN CROCODILE ?!
DOUM
C'ÉTAIT ÇA, LE "DRAGON DE LA FORÊT".
JE NE M'ATTENDAIS PAS À CE QUE CETTE BÊTE TOMBE DANS LE PIÈGE.
C'EST...
INCROYABLE...
CE QUE VOUS AVEZ ATTRAPÉ LÀ...
C'EST FANTASTIQUE...
IL S'EN TIENT À BONNE DISTANCE...
VOUS AVEZ ENTENDU ? ELLE A EU CE CROCODILE TOUTE SEULE ALORS QUE L'ENNEMI LA TRAQUAIT.
JE N'ARRIVE PAS À CROIRE QU'ELLE SOIT MEILLEURE CHASSERESSE QUE NOUS AUTRES ACRÉENS...
(FAUX) LES RUMEURS À PROPOS DE POLLYANNA DEVINRENT ENCORE PLUS FOLLES.
LA SOURCE
ARRÊTE DE RÉPANDRE CES RUMEURS !!
SBAM
HMPF ! PERSONNE NE VOUS AVAIT DEMANDÉ DE JOUER LES APPÂTS EN SOLO !

L'armure et la couronne

VOUS ÊTES AU COURANT ?
LE ROI D'ACREA A NOMMÉ SA MAÎTRESSE À LA TÊTE DE LA GARDE !
ET VOUS SAVEZ QUOI ?
C'EST LA SORCIÈRE QUI A USÉ DE SES POUVOIRS POUR ATTRAPER LE DRAGON !
LES GENS DISENT QUE LUXOS 1ER EST LA MARIONNETTE DE LA SORCIÈRE.
ET ALORS, LA SORCIÈRE...
LE ROI D'ACREA...
SA MAÎTRESSE...
LES MAUVAISES NOUVELLES VONT VITE.
ET POUR SES ENNEMIS QUI VEULENT LA FAIRE TOMBER...
POLLYANNA ÉTAIT COMME UN BONBON JETÉ AU MILIEU D'UNE FOURMILIÈRE.

ACCEPTERAIS-TU DE T'ENTRAÎNER AVEC MOI AUJOURD'HUI, SEIGNEUR POLLYANNA ?
JE SUIS NAVRÉE, MAIS JE NE LE PEUX, VOTRE MAJESTÉ.
LE SEIGNEUR AINO ME TUERAIT SI VOUS VOUS BLESSIEZ À L'ENTRAÎNEMENT AVEC MOI.
FWIP
CET HOMME ME HANTE TOUJOURS, MÊME S'IL EST MAINTENANT DANS LES FORCES SPÉCIALES.
JE NE PEUX PAS CONTINUER À M'ENTRAÎNER SEUL.

POURQUOI NE PAS DEMANDER AU SEIGNEUR AINO, VOTRE MAJESTÉ ?
JE LUI EN AI DONNÉ L'ORDRE, UNE FOIS.
COMMENT OSERAIS-JE M'ENTRAÎNER AVEC SA MAJESTÉ ?
JE NE PEUX COMMETTRE L'ACTE DÉLOYAL DE VOUS VAINCRE, ALORS JE N'UTILISERAI QU'UNE SEULE MAIN !
DU COUP, JE N'AI RIEN FAIT AVEC CET IMBÉCILE.
JE COMPRENDS.
POURQUOI NE PAS UTILISER DES ÉPÉES EN BOIS ?
PARDON ?
SI L'ÉPÉE N'A PAS DE LAME, ACCEPTERAIS-TU D'ÊTRE MA PARTENAIRE ?

TAP
TAP
FFT
WOUUSH

JE SAIS QUE TOUTES CES RUMEURS SONT INFONDÉES, MAIS ÇA, C'EST VRAIMENT UNE PREMIÈRE.
JE N'AI JAMAIS VU SA MAJESTÉ AUSSI OUVERT AVEC QUI QUE CE SOIT, AUPARAVANT.
OUI, C'EST INHABITUEL.
IL LUI A DÉJÀ ACCORDÉ PLUSIEURS PRIVILÈGES.
JE N'AI MOI-MÊME PAS ENCORE ÉTÉ AUTORISÉ À M'ENTRAÎNER AVEC LUI.
HMM.
EN TANT QU'ÉTRANGÈRE, ELLE A REJOINT NOTRE ARMÉE, ET S'EST DISTINGUÉE DANS DE NOMBREUSES BATAILLES.
CE N'EST PAS SURPRENANT QUE SA MAJESTÉ LA CHÉRISSE.

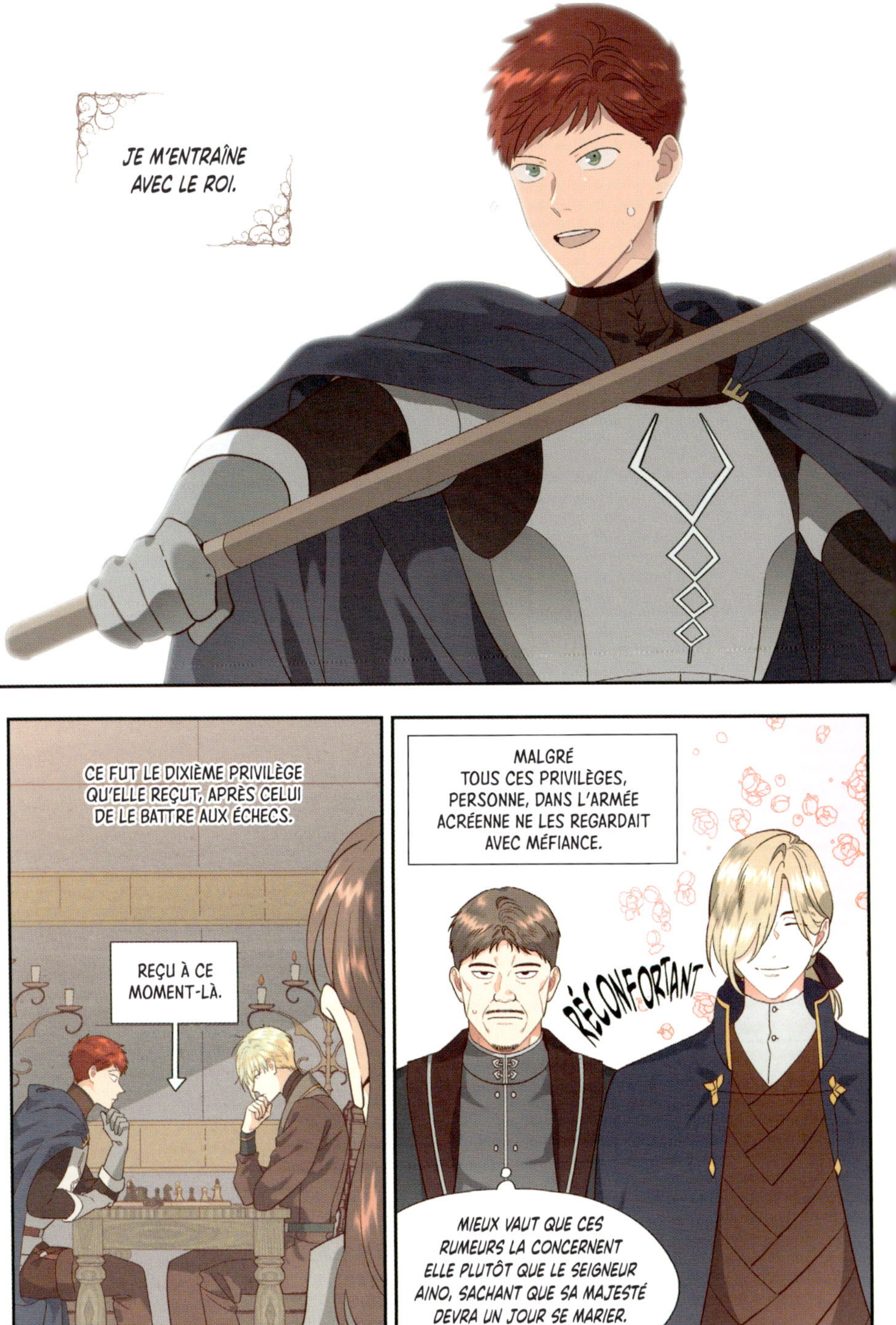
JE M'ENTRAÎNE AVEC LE ROI.
CE FUT LE DIXIÈME PRIVILÈGE QU'ELLE REÇUT, APRÈS CELUI DE LE BATTRE AUX ÉCHECS.
REÇU À CE MOMENT-LÀ.
MALGRÉ TOUS CES PRIVILÈGES, PERSONNE, DANS L'ARMÉE ACRÉENNE NE LES REGARDAIT AVEC MÉFIANCE.
RÉCONFORTANT
MIEUX VAUT QUE CES RUMEURS LA CONCERNENT ELLE PLUTÔT QUE LE SEIGNEUR AINO, SACHANT QUE SA MAJESTÉ DEVRA UN JOUR SE MARIER.

C'EST POURQUOI...
JE SUGGÈRE QUE NOUS RENONCIONS À NOS PROJETS DE TRAVERSER LA FORÊT DE MUSMELL.
LA FORÊT EST PLUS PROFONDE QUE PRÉVU, ET L'ALLIANCE CENTRALE Y A DÉJÀ ÉTABLI SES POSITIONS. LE RISQUE EST TROP GRAND.
À LA PLACE, JE SUGGÈRERAIS...
PENDANT CE TEMPS...

L'HEURE TOURNAIT...
HAAH !
AH !
À CE RYTHME, NOTRE EXPÉDITION PRENDRA PLUS DE TEMPS.
VOTRE MAJESTÉ, JE PENSAIS QUE ÇA AVAIT ÉTÉ VITE, JUSQU'À PRÉSENT, NON ?
CE DEVRAIT ÊTRE DIFFÉRENT DE LA GUERRE D'USURE QUE NOUS AVONS MENÉE FACE À EHAS ET CUKDA.
HAA...

SIX ANNÉES SE SONT ÉCOULÉES DEPUIS QUE VOUS ÊTES ENTRÉ EN GUERRE, VOTRE MAJESTÉ.
C'EST UN IMMENSE HONNEUR DE ME CHARGER DES AFFAIRES INTERNES À VOTRE PLACE.
CEPENDANT, UN PAYS A BESOIN DE SON ROI.
JE REDOUTE VRAIMENT LES RUMEURS SOURNOISES SELON LESQUELLES JE TRAHIRAIS VOTRE MAJESTÉ POUR USURPER LE TRÔNE.
LE CONSEIL DES AÎNÉS ATTEND ÉGALEMENT VOTRE RETOUR AVEC IMPATIENCE.
TRADUCTION DU LANGAGE ROYAL : LE CONSEIL DES AÎNÉS VEUT ME FAIRE ROI ! REVIENS AU PLUS VITE, LUXOS !
JE LE CONNAIS SUFFISAMMENT POUR LUI ACCORDER MA PLEINE CONFIANCE EN CE QUI CONCERNE LES AFFAIRES INTERNES... MAIS SI LA GUERRE VENAIT À DURER...
J'AI BESOIN D'AIR.

ÊTES-VOUS SÛR DE VOULOIR Y ALLER SEUL, VOTRE MAJESTÉ ?
TOUT VA BIEN.
JE VAIS JUSTE FAIRE UN TOUR.
FRSH
FRSH
SHWOO
?
SHWOO
TADAP
TADAP
TADAP
AGH ?!

TAP
WOOSH
FLAP
HHA
HHA
HEIN ?
QUI A MIS CETTE HORREUR SUR CE CABOT...?
VOTRE MAJESTÉ ?

AH, SEIGNEUR POL, C'EST TA TENTE ?
JE TE PRIE DE...
M'EXCUSER...
TOUT VA BIEN, VOTRE MAJESTÉ ?

CE FUT L'UNE DES RARES SITUATIONS OÙ LUXOS 1ER RESTA BOUCHE BÉE.
IL FIT IRRUPTION DANS LA TENTE DE SON CHEVALIER, AU BEAU MILIEU DE LA NUIT, ALORS QU'ELLE ÉTAIT À MOITIÉ NUE.
POUR UN ROI, C'ÉTAIT UNE ERREUR RIDICULE, MÊME SI LE CHEVALIER N'AVAIT PAS ÉTÉ POLLYANNA.

CEPENDANT, ELLE AUSSI RESTA SANS VOIX.
UGH
ATTENDEZ…
SUIS-JE EN TRAIN DE REGARDER SA MAJESTÉ DE HAUT ? ET DANS CET ACCOUTREMENT INCONGRU ?
KRAKOUM
UN BREF SILENCE S'INSTALLA…
J'IGNORAIS QUE C'ÉTAIT VOUS, VOTRE MAJESTÉ… ARRIVER SUBITEMENT, À CETTE HEURE, ACCOMPAGNÉ D'UN CHIEN…
DOUM
DANS UNE TELLE SITUATION, TU AS BIEN ENTENDU L'AUTORISATION DE ME REGARDER DE HAUT. JE COMPRENDS.
DOUM
SUIVI D'UNE RAPIDE ENTENTE.

MAIS, COMMENT SE FAIT-IL QUE VOUS SOYEZ SEUL ?
OÙ EST LE GARDE QUI DEVAIT ÊTRE EN POSTE ?
FRSH
J'AVAIS BESOIN DE MARCHER SEUL.
JE M'EXCUSE POUR CETTE IRRUPTION. JE VAIS TE LAISSER TE REPOSER, À PRÉSENT.
UN INSTANT, VOTRE MAJESTÉ.
MAIS CERTAINES CHOSES NE PEUVENT ÊTRE CONVENUES PAR DE SIMPLES REGARDS.
JE VIENS AVEC VOUS. ACCORDEZ-MOI UNE MINUTE, LE TEMPS D'ENFILER DES VÊTEMENTS.

LUXOS ÉTAIT IMPATIENT DE QUITTER LA TENTE DE SON CHEVALIER DÉNUDÉ…
VENIR AVEC MOI ?
ET POLLYANNA NE POUVAIT LAISSER PARTIR SON ROI SANS PROTECTION, COMPTE TENU DE LA SITUATION.
DE PLUS, J'AI QUELQUES INFORMATIONS CROUSTILLANTES À VOUS TRANSMETTRE !
BIEN…
LE SEIGNEUR POL NE SEMBLE PAS DU TOUT SE SOUCIER DE CETTE SITUATION.
UN REFUS RENDRAIT SEULEMENT LA CHOSE GÊNANTE.
PAR CONSÉQUENT…
LUXOS PRIT LA BONNE DÉCISION.
FRSH
CLAP
…
FRSH
FRSH
DONC…
SCRCH
QUI A MIS CETTE CHOSE HIDEUSE SUR MON CHIEN ?

LE SEIGNEUR LEVY L'A CONÇU AVEC QUELQUES EXCÉDENTS DE CUIR.
N'EST-IL PAS MIGNON ?
MIGNON ? SÉRIEUSEMENT ? TU DOIS AVOIR DES PROBLÈMES DE VUE.
SEULS LES ANIMAUX À FOURRURE DUVETEUSE PEUVENT ÊTRE CONSIDÉRÉS COMME ADORABLES ET MIGNONS !
LES SERPENTS, LES GECKOS, LES ALLIGATORS, JE LES DÉTESTE TOUS.
JE LE SAVAIS, IL HAIT LES REPTILES.
EN PARLANT DU SEIGNEUR LEVY, VOTRE MAJESTÉ...
LAISSEZ-MOI VOUS DONNER CES FAMEUSES INFORMATIONS QUE J'AI RÉCOLTÉES.

LE SEIGNEUR LEVY ET LE SEIGNEUR BAUFALO DISCUTENT DU FAIT DE DEVENIR BEAUX-PARENTS.
C'EST VRAI.
LE SEIGNEUR DONAU EST MAINTENANT EN ÂGE DE SE MARIER.
TOUS SEMBLENT IMPATIENTS DE LA VIE APRÈS LA GUERRE.
QU'EN EST-IL POUR TOI, SEIGNEUR POL ?
TU AS DÉJÀ PRÉVU QUELQUE CHOSE ?

DE RETOUR À ACREA, VOUS SEREZ TRÈS OCCUPÉ À PRENDRE SOIN DE VOS CONQUÊTES, VOTRE MAJESTÉ.
AINSI, J'AI POUR PROJET DE VOUS SERVIR.
PAS TA VIE PUBLIQUE...
MAIS TA VIE PRIVÉE.
PAR EXEMPLE, SI TU COMPTES TE MARIER...
JE NE ME MARIERAI PAS.
J'AI OUÏE DIRE QUE LES FEMMES ACRÉENNES AUSSI PRENNENT LE NOM DE LEUR MARI ?
J'AI LE NOM QUE VOUS M'AVEZ ATTRIBUÉ.
ALORS JE N'ÉPOUSERAI PERSONNE.

S'IL N'EST PAS L'AÎNÉ DE SA FAMILLE...
JE PERSUADERAI TON FUTUR MARI DE T'AUTORISER À GARDER TON NOM.
SI VOUS LE PERMETTEZ, PUIS-JE POSER UNE QUESTION ?
?
POURQUOI VOUS PROMENIEZ-VOUS SEUL ?
QUELQUE CHOSE VOUS TRACASSE ?

JE PENSAIS À LA STRATÉGIE QUE LE SEIGNEUR LEVY A PROPOSÉE CE SOIR.
CELA PRENDRAIT BEAUCOUP PLUS DE TEMPS QUE PRÉVU D'OPTER POUR LA MANŒUVRE DEPUIS L'INTÉRIEUR CONTRE L'ALLIANCE CENTRALE.
PLUS LONGUE EST L'EXPÉDITION, PLUS JE ME QUESTIONNE À PROPOS DE CETTE STRATÉGIE DE LONGUE DURÉE.
JE VOIS.
VOILÀ POURQUOI IL A DIT...
"TOUS SEMBLENT IMPATIENTS DE LA VIE APRÈS LA GUERRE."
CE DEVRAIT ÊTRE DIFFÉRENT DE LA GUERRE D'USURE MENÉE CONTRE EHAS ET CUKDA...
C'EST CE QUE VOUS AVEZ DIT.

LORSQUE J'ÉTAIS UNE CRENBELL...
JE N'OSAIS MÊME PAS RÊVER DE PLANS POUR LE FUTUR.
JE ME DEMANDAIS TOUJOURS...
"Y A-T-IL UN FUTUR POUR CE PAYS, OU POUR MOI ?"
"CETTE GUERRE AURA-T-ELLE UNE FIN ?"
EN PROIE À DES PENSÉES NÉGATIVES.

ÊTRE IMPATIENT DE LA VIE APRÈS LA GUERRE SIGNIFIE...
QUE TOUS ONT UNE GRANDE FOI EN VOUS, VOTRE MAJESTÉ.
...
C'EST VRAI, BIEN SÛR.

J'AI TENDANCE À L'OUBLIER PARFOIS.
DANS CE CAS, POURQUOI NE PAS CHASSER CETTE IDÉE...
ET PRENDRE UN VERRE AVEC MOI, SI TU NE COMPTES PAS ALLER TE COUCHER TOUT DE SUITE ?
SEULEMENT SI CELA N'INTERFÈRE PAS AVEC L'ENTRAÎNEMENT MATINAL DE VOTRE MAJESTÉ.
SAUTER UNE SÉANCE NE FERA PAS DE MAL.
AH, IL Y A UNE CONDITION...
UNE CONDITION ?
TU DEVRAIS FAIRE ATTENTION À TON PROBLÈME D'ALCOOL.
NE VOUS EN FAITES PAS, VOTRE MAJESTÉ !
JE NE REFERAI JAMAIS LA MÊM
ERREUR !

L'Armure et la Couronne

À suivre

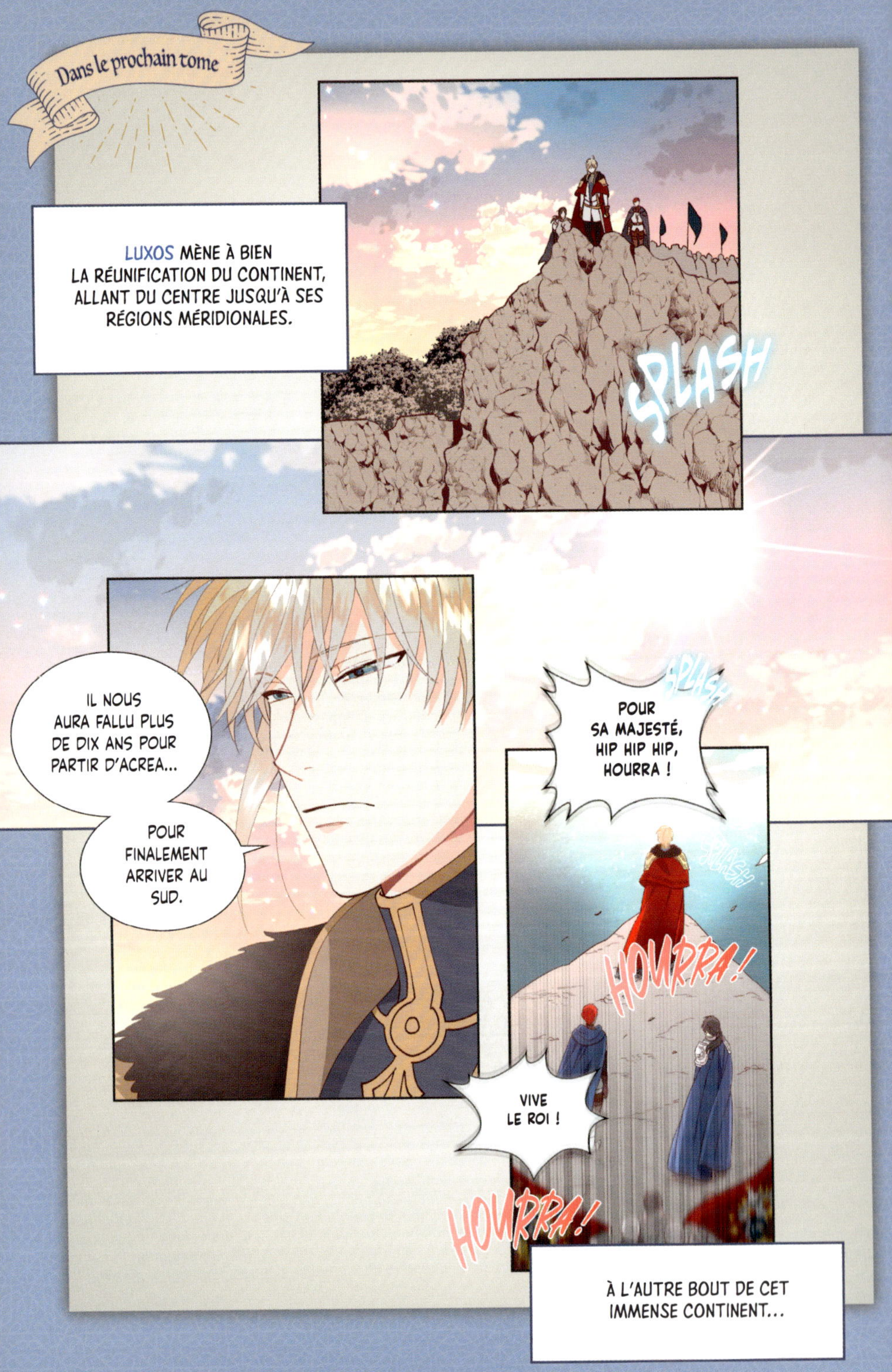
Dans le prochain tome
LUXOS MÈNE À BIEN LA RÉUNIFICATION DU CONTINENT, ALLANT DU CENTRE JUSQU'À SES RÉGIONS MÉRIDIONALES.
SPLASH
IL NOUS AURA FALLU PLUS DE DIX ANS POUR PARTIR D'ACREA...
POUR FINALEMENT ARRIVER AU SUD.
POUR SA MAJESTÉ, HIP HIP HIP, HOURRA !
SPLASH
HOURRA !
VIVE LE ROI !
HOURRA !
À L'AUTRE BOUT DE CET IMMENSE CONTINENT...

À bientôt dans le tome 3 !

Dessin · *Œuvre originale par*

Aloha · *Jooahri*

A Tender Heart

Comment je suis devenue la servante du Duc

Une lectrice passionnée transportée dans son roman préféré

Du jour au lendemain, elle devient l'un des personnages de son livre favori et n'a désormais qu'un souhait : voler au secours de Liandro, un jeune duc frappé par une malédiction et rejeté par sa famille. Sous les traits d'Evelina, sa servante attitrée, elle va faire tout son possible pour transformer sa vie. Mais l'histoire originale risque d'en être bouleversée…

Magie, romance et rebondissements sont au rendez-vous pour cette nouvelle série de la collection Kbooks !

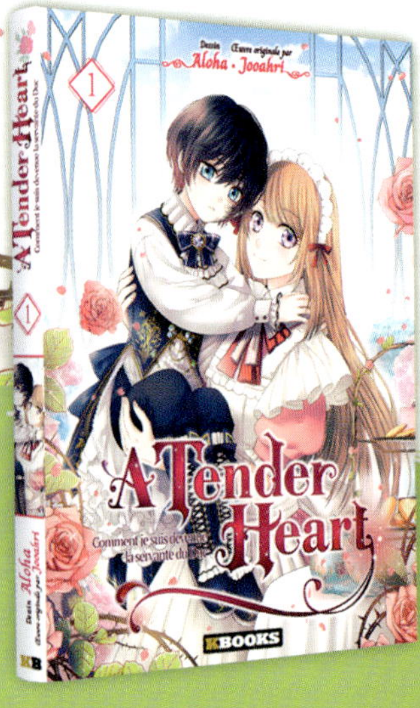

SÉRIE TERMINÉE EN 6 TOMES

KBOOKS

Dites-moi, Princesse !

Dessin : SPOON

Œuvre originale : PLUTUS

Au secours, je dois échapper à mon père !

Athanasia est fan d'un roman dont l'héroïne porte le même prénom qu'elle. Un jour, elle se réveille dans le corps d'un bébé… qui n'est autre que la princesse Athanasia ! Renaître dans la royauté, pourquoi pas ? Mais elle connaît cette histoire et elle est destinée à mourir à 18 ans de la main de son propre père ! Afin d'échapper à son bourreau, elle grandit sans se faire remarquer et planifie sa fugue du palais impérial. Mais lors d'une escapade, elle tombe par accident sur son père qu'elle n'avait jamais rencontré ! Froid, imperturbable et cruel, Claude ne la voit que comme un parasite. Pour survivre, Athanasia tente le tout pour le tout : amadouer le terrible empereur en étant la plus adorable des filles !

Tantôt drôle tantôt dramatique, cette série fera fondre votre cœur !

SÉRIE EN COURS

KBOOKS

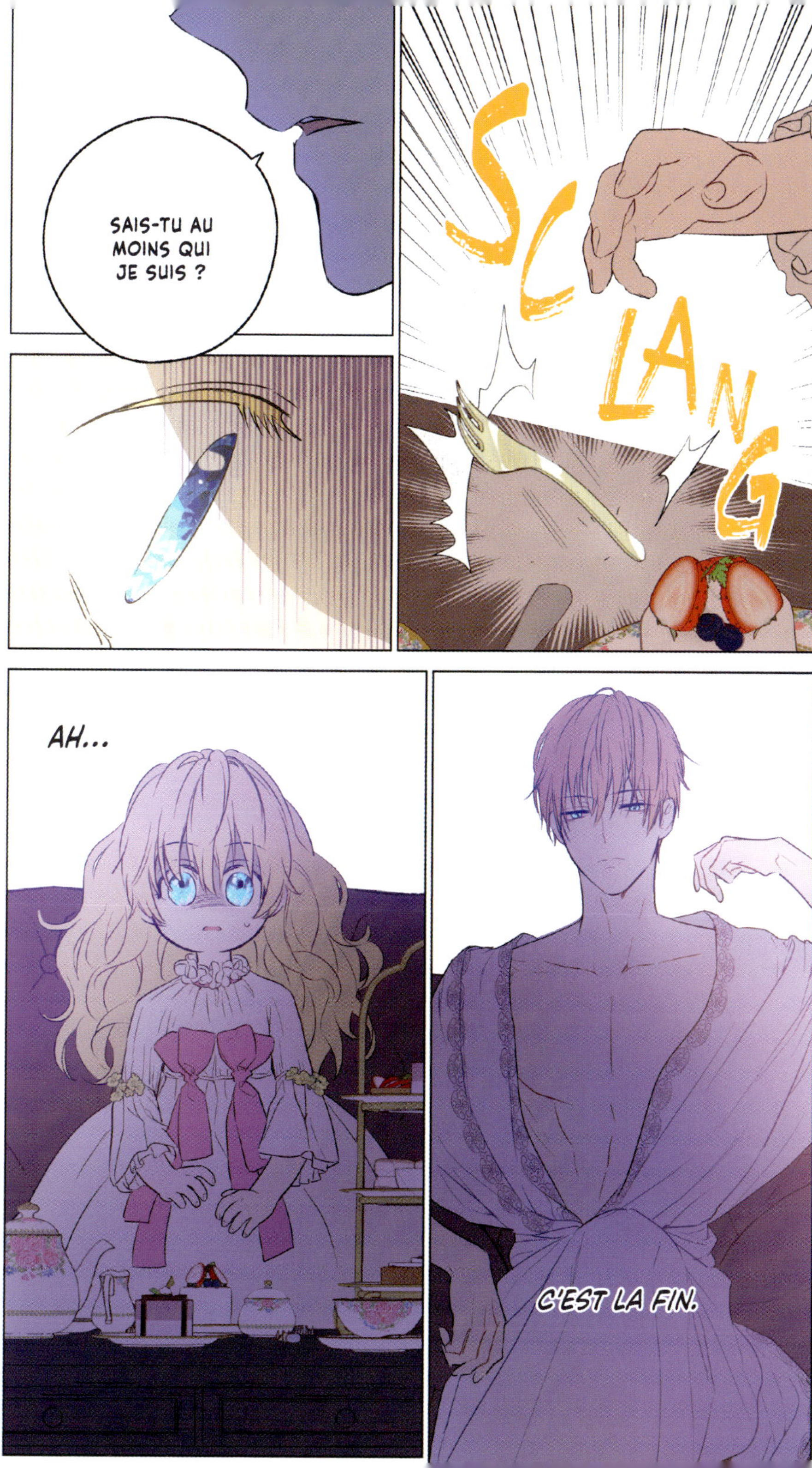
SAIS-TU AU MOINS QUI JE SUIS ?
SCLANG
AH...
C'EST LA FIN.

INA
Original Story by Yuna

The Abandoned Empress

La nouvelle romance fantastique de la collection Kbooks

Depuis sa naissance, Aristia a été élevée dans un seul but : devenir la future compagne de l'empereur, l'aimer sincèrement et l'assister dans son travail. Mais tout s'effondre lorsqu'une mystérieuse jeune fille venue d'un autre monde apparaît et lui ravit sa place. Humiliée et délaissée, Aristia devient le souffre-douleur de l'empereur… jusqu'à être condamnée à mort. Alors que la sentence est exécutée, l'impératrice déchue se réveille non pas au paradis… Mais sept ans dans le passé ! Et si le destin lui avait donné une seconde chance ?

Porté par des graphismes somptueux, *The Abandoned Empress* a déjà conquis le coeur de milliers de lecteurs à travers le monde !

SÉRIE EN COURS

KBOOKS

KIN ✦ DOOSIK Yong ✦ MINGSUNG

UNTOUCHABLE LADY

Que feriez-vous si vous en étiez à votre huitième vie ?
Notre héroïne ne se laissera plus faire aussi facilement !

Hillis, jeune noble douce et timide, est le mouton noir de la puissante lignée des Inoaden. Amenée sept fois aux portes de la mort à cause des abus de sa famille, elle décide de ne plus se sacrifier et de mener elle-même sa propre destinée. Même si pour cela, elle doit détruire son propre clan…

L'heure de la vengeance de la rose a sonné !

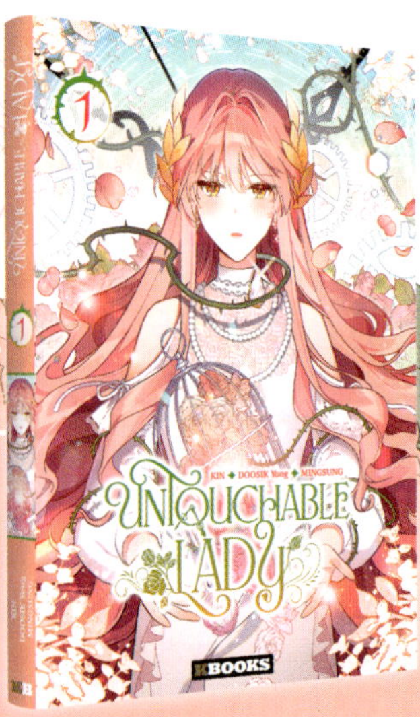

Du drama, de la fantasy
mais aussi de l'humour,
cette série a tout pour plaire !

SÉRIE EN COURS

KBOOKS

HILLIS...
COMMENT...?
ELLE MAÎTRISE LE POUVOIR DE FLORAISON !

L'Armure et la Couronne

Directeur de collection : Pascal LAFINE
Coordinatrice : Lina LIANG
Supervision éditoriale : Léna PANZANI
Assistante éditoriale : Zina DERRAZ
Traduction : Studio Charon
Maquette & lettrage : Studio Charon
Conception graphique : Yohan JULIEN

Ce volume contient les épisodes 19 à 38.
Dépôt légal : janvier 2025
ISBN : 978-2-38288-017-3

Imprimé et relié en décembre 2024
par Aubin Imprimeur, à Ligugé, en France.

KBOOKS

Groupe Delcourt - KBOOKS -
8 rue Léon Jouhaux 75010 Paris

www.editions-delcourt.fr